L'hiver dans la bouche

Du même auteur

Une saleté, Minuit, 1998 (prix Robert-Walser du premier roman).
Colonie, Minuit, 2003 (prix Céleste, prix Gironde).
Traques, L'Olivier, 2009.
Les Petits, L'Olivier, 2011 (prix Boccace).

Frédérique Clémençon

L'hiver dans la bouche

roman

Flammarion

ISBN : 978-2-0813-4817-2

— Jeanne ?

— Oui.

— Tu sais, je crois que tu devrais changer ta manière de t'habiller.

— Qu'est-ce que tu veux dire ?

— Que tu devrais faire des efforts.

— Comment ça, des efforts ?

— Tu pourrais te maquiller par exemple. Mettre du rouge à lèvres. C'est joli, le rouge à lèvres. Des jupes aussi, ou des robes. Tu n'en mets presque jamais. Tu as de jolies jambes.

— Je ne te plais plus ?

— Si.

— Mais tu regrettes que je ne cherche pas à te plaire davantage, c'est ça ? Oh, comme c'est mignon.

— Ne raille pas, je suis sérieux.

— Je vois ça.

— Écoute, je te dis juste que je regrette, parfois, de ne pas te voir porter des vêtements plus féminins. Tu ne peux pas me reprocher de vouloir que la femme avec laquelle je vis soit belle, non ?

— Dis plutôt que tu t'es lassé de la femme que je suis devenue.

— Non, voyons, ce n'est pas ça.

— Mes cheveux blancs, mes rides, ne te plaisent plus, c'est ça ? Tu crois que je devrais teindre mes cheveux ? La plupart de mes amies m'ont raconté ça, tu sais, le moment où elles ont senti, dans le regard de l'homme avec lequel elles vivaient, qu'elles étaient devenues vieilles.

— Oh, tu fais un drame de tout. Ce que je t'ai dit n'a rien à voir avec ça.

— Alors, comme il est devenu difficile pour toi de me regarder sans penser que j'ai vieilli, tu me demandes de te le faire oublier.

— N'importe quoi.

— Je suis une femme de quarante-trois ans, Antoine, qui a eu deux enfants, et cela se voit, en effet. Certains hommes aiment ces marques-là, ce qu'elles racontent, ce qu'elles disent de la vie, du passé de celui qui les porte, ce qu'elles disent surtout de leur passé commun. Tu te souviens de cette phrase que Belmondo dit à Deneuve dans *La Sirène du Mississipi* ? Ton visage est un paysage.

— Et alors ? Je ne vois pas le rapport. Belmondo et Deneuve n'ont aucun passé commun, le visage de Deneuve n'a rien à lui raconter, rien d'autre à lui montrer que sa beauté. Je ne vois pas où tu veux en venir. Mais peu importe. C'était une remarque sans importance, Jeanne, vraiment.

— Je crois au contraire que c'est important.

— Je n'ai fait que te parler de la manière, peut-être un peu trop négligée, c'est vrai, ou désinvolte, ou indifférente, je ne sais pas, dont tu t'habilles, c'est tout. Je ne fais pas ton procès et je ne dis pas que ton corps me répugne.

— Vieillir ne me réjouit pas, tu sais, mais ça ne m'effraie pas non plus. C'est la vie.

— Arrête un peu ton numéro de philosophe à deux balles, tu veux.

— Dis-moi, tu as croisé Marie ces derniers temps ?

— Non. Pourquoi ?

— Je croyais que vous deviez déjeuner ensemble la semaine dernière. Je pensais qu'elle t'avait parlé.

— Parlé de quoi ?

— De Thomas. J'ai du mal à croire que tu ne sais rien.

— Mais je ne sais rien.

— Elle ne t'a vraiment rien dit ?

— Avec Marie on devait se voir la semaine dernière, oui, à la brasserie du Lac, mais j'ai dû rester tard au boulot. C'était important, j'ai préféré annuler notre déjeuner. Je lui ai parlé deux minutes au téléphone, c'est tout, elle ne m'a rien dit, je te le jure. Qu'est-ce qui se passe ?

— Thomas est parti.

— Comment ça, parti ?

— Envolé, il y a trois semaines. Il a plaqué Marie du jour au lendemain. Ils revenaient de vacances, avaient fêté chez les parents de Marie l'anniversaire de la petite. Ils ont été invités chez des amis. Thomas s'est absenté pendant la soirée avec une fille que personne ne connaissait. Ils sont revenus deux heures plus tard et le lendemain il annonçait à Marie qu'il faisait ses valises. Elle est anéantie. Sa mère a débarqué chez elle la semaine dernière pour s'occuper des enfants.

— Je te jure que je n'en savais rien. Je suis désolé. Vraiment désolé. Mais je ne vois toujours pas le rapport avec notre discussion.

— Et il ne t'a rien dit ?

— Je te jure que non. Arrête avec ça.

— Et toi, tu ne lui as jamais rien dit à notre sujet ?

— Je ne comprends pas.

— Écoute, je te connais bien. Cette histoire de négligence n'est qu'un prétexte.

— N'importe quoi.

— Je ne crois pas. Il est plus confortable pour toi de prétendre que j'ai changé de manière coupable.

— Tu délires.

— De cette façon, tu auras toute latitude pour m'annoncer ce que je commence à entrapercevoir.

— Tu es vraiment cinglée. Tu prends tout de travers. Ce que j'essaie de te dire, c'est que je trouve que, depuis quelque temps, tu te laisses aller, c'est tout. Que tu ne prends pas soin de toi, et de moi. Je ne louvoie pas en disant ça. Je dis ce que je pense, qui n'est peut-être pas vrai après tout.

— Je me laisse aller. Je ne prends pas soin de toi. Tu veux bien m'expliquer ce que je dois comprendre parce que, vraiment, je ne vois pas ?

— Que tu as tort de sous-estimer les apparences, Jeanne, de mépriser le désir qu'on a de plaire et de séduire. Voilà. Rien de plus. Je suppose d'ailleurs que c'est pour cette raison que Thomas est parti. Reconnais que Marie a changé depuis la naissance de Paul.

— Donc vous en avez parlé.

— Je te dis que non.

— Écoute, je ne sous-estime pas les apparences mais il se trouve que tu me plais tel que tu es, quoi que tu fasses ou dises. Navrée de manquer à ce point d'imagination. Avoue que tu rêves d'autre chose, Antoine, ce que je peux concevoir, mais, par pitié, ne me rends pas responsable de ce qui t'arrive et qui a peu à voir avec moi.

— Je ne me sens pas coupable.

— Toi aussi, tu vieillis. Ton corps a changé. Des rides barrent ton front et tes tempes ont blanchi. Tu as même beaucoup plus de cheveux blancs que moi. Ça ne me gêne pas. Ça te va bien. Ce que je vois, en te regardant, ces changements, ça ne m'inspire ni crainte ni dégoût. Au contraire, je te regarde vieillir avec tendresse. Tu n'as jamais été ému par ces vieux couples qu'on croise dans la rue, bras dessus bras dessous ?

— Quand je vois des vieux main dans la main, je pense à mes parents et ça me dégoûte. Je me demande quelle saloperie ils ont dû avaler pour tenir jusque-là et ce qu'ils ont fait à leurs enfants, les querelles, les mensonges, l'ennui mortel et les repas glaçants, un festival de trucs plus sordides les uns que les autres. La vie que mes parents ont eue est une incitation au monachisme. Des saletés, avec mon frère, on en a avalé des quantités, tu le sais bien. Non, vraiment, pas de quoi s'émouvoir, encore moins avoir envie de leur ressembler.

— Tu as changé, c'est drôle. Ou bien c'est moi qui n'avais rien remarqué.

— Je ne vois pas en quoi.

— Quels que soient tes griefs contre tes parents, tu posais autrefois sur les gens un regard plus doux. Pour quelle raison une telle longévité serait-elle nécessairement indigne ? sale ? lâche ? Tes parents ne sont sans doute pas un modèle mais, aujourd'hui, je le reconnais, je ne suis pas loin d'admirer leur ténacité.

— Mes parents sont restés ensemble par conformisme et parce qu'ils sont dégonflés, ce qui revient au même. Tout conformisme est une lâcheté de toute façon. Ne me dis pas que tu envies leur façon de vivre, leur tiédeur. Tu as fui pour les mêmes raisons que moi, Jeanne.

— Tes parents, comme les miens, ne sont pas un modèle. Je ne suis pas naïve et je n'ai pas oublié ce à quoi j'ai tourné le dos.

— Que veux-tu dire alors ?

— Que sur ce point j'ai changé.

— Ah, tu vois.

— Ces petits vieux que je croise, et qui m'émeuvent, je me doute bien qu'ils n'ont pas toujours été élégants l'un envers l'autre, qu'ils ont sans doute sur la conscience quantité de trahisons, de lâchetés, de secrets peu glorieux dont ils se sont accommodés, mais je ne peux pas m'empêcher, malgré tout, de trouver cette longévité désirable. Qu'avons-nous de si exceptionnel après tout pour les juger avec tant de sévérité ? Je voudrais vieillir à tes côtés, Antoine. Je voudrais, dans dix ans, dans vingt ans, parler avec toi de la vie que nous avons eue, avec émerveillement, avec tendresse, et considérer nos erreurs, nos blessures, avec joie.

— Mais tu es devenue encore plus catho que le curé de mon enfance, ma parole ! Le mariage est une institution bourgeoise qui n'a pas grand rapport avec l'amour. Aucun rapport même.

— Merci de m'éclairer. Pourquoi te montrer odieux ?

— Je ne suis pas odieux. Je dis la vérité.

— Tu es l'homme que j'aime, Antoine, c'est tout. Et puis, pour en revenir à ce qui semble te préoccuper, tu es de mauvaise foi. Je ne suis pas à ce point indifférente à toute forme d'élégance, ni dépourvue de coquetterie.

— Peut-être.

— Un peu de courage, tu veux. Tu ne me désires plus, tu rêves d'autres femmes, d'autres corps que le mien. Tu crois que je ne l'ai pas compris ? Je ne fais partie d'aucune ligue de vertu, Antoine. Baise avec qui tu veux.

— Pourquoi m'insulter ?

— Je ne t'insulte pas. Je suppose que, si je te dis que je me moque de savoir avec qui tu t'envoies en l'air, tu y verras une nouvelle preuve de mon désintérêt pour toi, de mon désamour, même. Bon sang, Antoine, mais qu'est-ce qui t'arrive ? C'est la première fois que tu me fais ce genre de reproches.

— Ma remarque était assez insignifiante et tu en fais tout un plat.

— Crache le morceau, tu veux bien.

— Je n'ai rien à ajouter à ce que j'ai déjà dit.

— Moi, j'ai toujours aimé regarder le corps des hommes, leurs fesses, leurs épaules, je m'en suis délectée, je m'en délecte encore, et je ne voue aucun culte à la fidélité. Trompe-t-on celui ou celle avec qui on vit parce qu'on jouit avec un autre ? Si je dois un jour te reprocher de m'avoir trahie, ce n'est pas de ça qu'il s'agira, et je crois bien que nous y sommes. Ce n'est donc pas contre ce que tu as dit que je me suis emportée.

— Contre quoi alors ?

— Je me suis emportée parce que tu me reproches quelque chose contre quoi je ne peux rien et que tu n'as pas le courage de l'admettre.

— Je ne te reproche rien. La remarque la plus insignifiante se transforme avec toi en montagne de problèmes. On ne peut plus discuter de rien.

— Avant, nous discutions de tout.

— Peut-être.

— Encore une fois, explique-moi ce qui ne va pas.

— Je ne te reproche rien, je te l'ai dit.

— Tu mens.

— Rien de grave, disons.

— On avance.

— Bon, disons, mais je me trompe peut-être, que tu n'attends plus rien.

— Je n'attends plus grand-chose de mon travail, nuance. Ce qui ne veut pas dire non plus que ça ne m'intéresse plus. Je t'en ai déjà parlé.

— Je sais, mais c'est autre chose. On dirait que tu n'as plus ni rêve ni ambition. Tu n'étais pas comme ça avant. Tu étais enthousiaste, curieuse de tout. Tu étais plus gaie aussi, plus souriante.

— Je te renvoie le compliment.

— Nous parlons de toi, là, pas de moi.

— Ne louvoie pas. Avant quoi donc ? Notre premier déménagement ? La naissance de nos enfants ? Ta traversée du désert ? Ton premier vrai boulot ?

— Je ne sais pas. C'est venu de manière progressive.

— Voyons. Nous vivons ensemble depuis presque vingt ans, nous avons deux enfants, des contraintes professionnelles ordinaires. La liberté qui était la nôtre quand nous étions jeunes s'est réduite mais ces privations, s'il faut raisonner en ces termes, nous sommes bien obligés de les accepter. On peut trouver ça triste, ou bien considérer les choses autrement. Je pense que tu trouves ça triste, en effet, et que tu rêves d'autre chose. Ce que tu vois, ou crois voir, est un piège dont tu veux te défaire, dans lequel tu penses être tombé.

— Non. Je dis simplement que je ne vois plus dans la vie que nous menons qu'une succession de contraintes, de choses accomplies sans plaisir.

— Il faut bien assumer ce que nous avons fait, non ? Veiller sur nos enfants, nous en occuper. On ne peut pas vivre comme on le faisait il y a vingt ans, sortir tous les soirs, improviser Dieu sait quoi au dernier moment, dormir quatre heures par nuit et bosser comme des dingues. Notre vie actuelle ne se résume pas à ce tableau sinistre, à une succession de corvées, si ?

— Non. Bien sûr que non. Mais il me semble que nous pourrions vivre autrement.

— Mais vivre comment à la fin ? Nous ne sommes pas rentiers. Ce n'est pas toujours simple pour moi non plus, Antoine, et j'aimerais parfois, moi aussi, être libérée de certaines obligations, mais on fait comment ? Tu le sais, toi ? À t'entendre, j'ai l'impression qu'il n'y a que toi qui fais des sacrifices. Et puis tu m'emmerdes à la fin ! Je ne me sens pas triste. Affairée, sans doute, peut-être trop. Mon boulot me satisfait moins qu'avant, c'est un fait. Peut-être est-ce une étape nécessaire, je l'ignore. Je voudrais reconsidérer certains aspects de ma vie actuelle et je pense que c'est possible.

— Je pense qu'il y a autre chose.

— Je pense que c'est possible ensemble.

— Je te dis qu'il y a autre chose. Que quelque chose cloche.

— Ton travail peut-être ? Ce travail pour lequel nous avons tous les deux tant sacrifié ?

— Tu as donc remarqué comme moi que nous menions une vie plus ennuyeuse qu'avant.

— Tu n'écoutes pas ce que je dis. Cela va te paraître curieux mais, quoique je puisse dire de mon boulot, je ne déteste pas la routine. Je trouve même qu'il y a de la beauté à certaines formes de répétition, comme on peut trouver de la beauté à toucher, à caresser, à respirer le corps vieilli de celui qu'on aime, aux côtés de qui on a, d'une certaine façon, grandi.

— Aucun rapport.

— Nous avons grandi ensemble, Antoine.

— Qu'est-ce que tu veux dire ?

— Que nous sommes devenus adultes ensemble.

— C'était il y a longtemps.

— C'était hier.

— Les dernières années n'ont pourtant pas toujours été très agréables.

— Et alors ? On peut trouver aussi de la beauté aux épreuves traversées, nous en avons connu, parce qu'on en a réchappé, parce que la force dont nous avons pour cela fait preuve nous offre une raison nouvelle d'être fiers de nous. Pourquoi fais-tu cette tête ?

— Je ne vois pas quelle beauté on peut trouver à s'en prendre plein la figure pendant des années.

— Ces années sont derrière nous et il n'y a pas que toi, encore une fois, qui as traversé ces années en suffoquant. J'étais là, et pour nos enfants non plus ça n'a pas été facile. Et puis, tout de même, il y a plus malheureux que nous, non ? Tu devrais faire preuve d'un peu plus de décence.

— Ces années m'ont changé, Jeanne, vraiment changé.

— Je te crois. Je n'ai pas oublié d'où nous venons, tu sais, à quoi nous nous sommes l'un et l'autre arrachés, et ça, à mes yeux, ça n'a pas de prix, ça ne meurt pas, ça ne peut pas mourir. Mais non, Antoine, je ne suis pas blasée.

— Tu n'en es pas à une contradiction près.

— Chipote si tu veux. Quoi qu'il en soit, tu as raison. Ce n'est pas notre vie qui a changé, d'une manière inattendue, ou décevante, c'est la façon dont toi tu la considères. C'est toi qui as changé, oui, bien plus profondément que moi, et c'est à moi que tu fais des reproches.

— Tu es injuste.

— Je ne cherche pas à tout embellir ou, comme tu sembles, toi, vouloir le faire depuis le début de cette discussion, à tout salir, ou à tout oublier.

— Tu n'as jamais eu envie de coucher avec d'autres hommes ?

— Si.

— Et tu l'as fait ?

— Non.

— Pourquoi ?

— Disons que le jeu n'en valait pas la chandelle.

— Ce n'est pas normal.

— Qu'est-ce qui n'est pas normal ?

— Je trouve curieux que tu n'aies pas couché une seule fois avec quelqu'un d'autre depuis que nous nous connaissons et ceci alors même que tu reconnais en avoir eu envie.

— Nous avons déjà parlé de ces choses-là, non ? Avant de te rencontrer, j'ai eu des amants. J'en ai gardé des souvenirs variés, mitigés. Une odeur, une chambre, une musique, la couleur d'un vêtement, des bruits de voix dans un bar, je ne sais pas pourquoi tel détail a survécu plutôt que tel autre. Tu sais, je crois que si je croisais certains de ces hommes aujourd'hui dans la rue, je ne les reconnaîtrais pas. Quelquefois même je me dis que, ces histoires, je les ai rêvées. Et puis tu es arrivé. Je ne regrette rien.

— Tu t'es déjà dit que tu ne m'aimais plus ?

— Jamais.

— C'est terrible.

— À la tête que tu fais je comprends que c'est terrible, en effet, et que c'est toi qui ne m'aimes plus. Je comprends aussi que tu feras tout pour me rendre responsable de ce qui t'arrive.

— Tu es cruelle.

— Je te connais bien.

— On dirait que tu attendais ce moment.

— Je suppose que j'avais compris avant que tu m'en parles. Bien. Si nous en venions au fait ?

— Je vais partir.

— Nous y voilà.

— Pourquoi tu souris ?

— Remercie-moi, mon amour. Je t'ai simplifié la tâche.

— Ne sois pas cynique. Ce n'est pas facile.

— *La première règle de ton père, c'est qu'il ne doit jamais passer pour un salaud.*

— Pardon ?

— C'est la première phrase du roman que je viens de commencer.

— Et ?

— Et rien.

De l'autre côté

Leur désunion s'était installée de manière insidieuse. Il en allait souvent ainsi.

Des coups d'une autre espèce, qui viennent du dedans.

Les mots, un jour, avaient cessé de nommer ce qu'ils croyaient, avaient commencé à dire autre chose que ce qu'ils disaient d'ordinaire, mais eux ne l'avaient pas vu, avaient continué à se parler sans se rendre compte de rien. Il y eut, sous ce qu'ils se disaient l'un à l'autre, comme des mots seconds, une deuxième peau qui s'était épaissie petit à petit et les avait tués.

Il aimait Jeanne et le lui disait chaque jour.

On louait la cohésion de leur union, sa symétrie parfaite.

Oui, se disait-elle, ils triompheraient de tout.

Mais les tourments tissèrent leur pelote en secret. Le désir s'émoussa.

Un poison lent.

Jeanne comprit qu'elle avait présumé de leurs forces, sous-estimé la violence des coups que leur avaient porté la vie matérielle, l'âge, le désir de reconnaissance. Pourquoi, mieux et plus que d'autres, auraient-ils été épargnés ?

Antoine s'éloigna, trouva moins de temps pour cette vie commune dont ils avaient été heureux et que désormais il s'acharnait à fuir, une vie devenue irrespirable, il le lui avait dit, j'ai l'impression de mourir à petit feu ici, d'être un esclave, et je veux vivre, tu comprends, vivre, m'amuser, respirer, ce n'est pas un crime. Il avait fallu, en somme, qu'il gagnât sa vie de manière décente, qu'il pût souffler sans elle pour que ce qu'ils avaient construit volât en éclats.

Deux ans plus tard elle s'envolait pour New York, son troisième voyage aux États-Unis en vingt ans, le deuxième dans la ville, quelques jours arrachés à la vie qu'elle menait désormais seule avec les enfants, un voyage empli d'espoir et de douleur, le premier, depuis longtemps, qui n'avait pas été imaginé en compagnie d'Antoine, dans la chaleur réconfortante du corps d'Antoine.

*

3 octobre

Jeanne,

Je t'écris du fond de la classe, en cancre que je suis.

À nouveau une conférence lénifiante, terme qui convient parfaitement à l'intervenant : moustache et barbiche à la Lénine. Da da da c'est dramatique, cette suffisance érudite, sans humour, sans distance. Jeanne, ma Jeanne, tu me diras quand je deviendrai un petit con imbu de lui-même ? Oui, je crois bien que tu me le diras. L'avantage, vois-tu, quand on en a bien bavé comme toi, c'est qu'on reste sourd aux trompettes et que cela me plaît. J'espère, oui, que j'aurai encore assez de courage pour t'entendre. Quand je pense à qui tu sais, devenu en trois ans ce prétentieux premier de la classe qui ne daigne même plus m'adresser la parole ou alors du bout des lèvres, je suis inquiet. Mais peut-être n'avais-je simplement rien vu, en naïf que je suis, je crois.

C. est au premier rang et se retourne fréquemment pour balayer la salle de ses yeux de hareng frit citronné. Mon nom est au tableau : j'ai oublié de rendre je ne sais quel questionnaire idiot. Au piquet ! Personne n'est intéressé par ce que raconte ce vieux machin. C'est du fayotage organisé.

Nous allons bientôt être libérés. Je termine vite vite vite pour poster ce truc à la poste centrale. Je ne suis pas certain que le courrier soit ramassé tous les jours dans la boîte à l'angle de la rue. Peut-être l'auras-tu dès demain.

Très doux week-end, mon lapinou. Vois comme je t'infantilise.

Quels baisers nous nous sommes faits. Une semaine à attendre les autres.

Long long long si long – mais je crois que je me plais à t'attendre et à rêver de toi, à caresser du plat de la main l'endroit où tu t'endors.

Antoine.

*

Elle était arrivée plusieurs heures à l'avance, moins par précaution ou par anxiété que parce qu'elle voulait profiter de l'agitation de l'aéroport, étirer l'excitation du départ.

Elle se souvenait de sa mère et de sa grand-mère à l'occasion de leurs rares expéditions hors du village soit une ou deux fois par an, visites familiales ou brèves vacances, lesquelles excédaient rarement la centaine de kilomètres, l'une comme l'autre tirées à quatre épingles, piétinant devant leurs valises bouclées la veille et attendant sur le perron que son père donnât le signal du départ, suivi de peu par sa sœur qui n'avait jamais fini de se pomponner, de s'habiller, de se maquiller et attirait sur elle les regards mi-admiratifs mi-désapprobateurs de sa mère, laquelle, de sa vie, n'avait jamais utilisé le moindre rouge à lèvres.

Elle se rappelait aussi Antoine, préparant ses bagages au dernier moment, arpentant l'appartement à la recherche du vêtement, du livre, du dossier, du courrier, de la clé ou de tout autre objet perdu et dont il ne pouvait se passer, faisant claquer le talon de ses chaussures sur le parquet, ouvrant exaspéré les placards, fouillant les poches de ses vestes, de ses pantalons, soulevant les piles de papiers entassés sur son bureau, elle le voyait encore, ses gestes rageurs, les veines de son cou gonflées, tandis qu'elle patientait dans la voiture avec les enfants. Elle le soupçonnait d'y avoir pris à la fin un plaisir mauvais, de s'être amusé à la contrarier, ringardisant ses préoccupations d'adulte ennuyeuses et plates, contraires à ce qu'il voulait que fût sa vie depuis qu'il avait trouvé du travail. Il n'était pas question qu'on le comparât à ces parents débordés mais ravis, dont l'existence semblait consister en une accumulation d'asservissements qui leur donnaient de l'importance et les exaspéraient tout à la fois.

Jeanne s'était décidée en quelques secondes, profitant de l'offre alléchante d'un tour operator tombée dans sa boîte mail. Le temps d'enregistrer sur le site coordonnées et numéro de passeport, de choisir sa place, la confirmation puis le billet électronique d'American Airlines déboulèrent dans sa messagerie.

Aller – 23 février, Paris Orly terminal W, vol AA 6409, arrivée New York JFK 19.20.

Retour – 28 février, New York JFK terminal 7, vol AA 6145, arrivée Paris CDG 15.10.

Sur un site d'hébergement en ligne, elle avait trouvé une chambre bon marché chez un couple de Brooklyn, aménagée au dernier étage d'une maison de briques rouges, 528 Putnam Avenue, Brooklyn, New York, 11221.

Dans la salle d'embarquement comme à l'extérieur, le spectacle n'avait guère changé, annonces doucereuses des vols en partance, ralenti des avions gagnant la piste, leur terminal, chariots acheminant bagages et nourriture empaquetée dans des kilomètres de films plastique, familles en attente et hommes d'affaires absorbés, corps avachis ou électriques, personnel casqué au sol en combinaison jaune fluo, grappes d'équipages tirés à quatre épingles, valises à bout de bras, s'engouffrant dans les couloirs d'embarquement, glissant sur les escalators, brouhaha continu percé de cris, allées et venues de cireuses sur les sols carrelés, grondements soudains d'avions s'élançant sur les pistes les plus proches.

La dernière fois qu'elle avait vu Antoine, deux ans plus tôt, il était assis dans la cuisine, chemise rouge, jean délavé, jambes croisées, portable dans la main droite. Il avait posé contre le mur son ordinateur, dont la housse grise était constellée d'autocollants salis, collés par le plus jeune de leurs enfants au retour d'un goûter d'anniversaire. Le café refroidissait sur la table. Il la regardait à peine, lorgnait vers son portable dès que le vibreur se manifestait, répondait une fois sur deux, bien sûr ne s'excusait de rien.

L'avion quitta la piste en début d'après-midi sous une pluie drue, mêlée de grêle, qui cessa au bout d'une ou deux minutes. Elle avait demandé un siège près du hublot. Le type à côté d'elle se pencha pour attraper son sac Eastpak vert et rouge, dans lequel il fourragea longtemps avant d'en ressortir un livre de poche écorné : *Shining*.

Jeanne sourit.

Enfoncée dans son siège, les yeux rivés sur la terre qui s'éloignait, Jeanne regardait les grandes étendues d'eau couleur d'acier, les routes coupées, les parkings déserts des centres commerciaux, des entrepôts, qui tapissaient la zone et que l'eau avait en partie recouverts : la pluie avait au cours des derniers jours battu tous les records de précipitation et on ne comptait plus, diffusées en boucle sur les sites d'informations, les images de rues inondées, de rivières se déversant au cœur des villes, de silhouettes perchées sur les toits, de façades mangées par des torrents d'eau boueuse, de canots de secours arpentant les rues, de visages hagards contemplant leur maison noyée. Deux jours auparavant, on avait annulé des centaines de vols à cause de la tempête, une de plus, à peine avait-on fini d'évaluer les dégâts que la suivante était annoncée.

La dernière avait atteint la pointe Bretagne en fin de journée. Le visage épuisé d'un habitant de l'île de Sein tournait sur les écrans, racontant l'interminable nuit de veille, les hurlements du vent et le fracas des vagues qui s'étaient abattues sur les maisons de l'île, brisant la façade vitrée de la gare maritime. La tempête avait traversé l'Europe, laissant dans son sillage rivages dévastés, amoncellements de ferrailles et bois morts, falaises écroulées, routes coupées, maisons effondrées, bateaux renversés, vagues immenses emportant des curieux venus s'offrir quelques frissons, murailles d'eau grise roulant vers des habitations aux allures de figurines.

Jeanne avait vu, sidérée, la mer éclater contre la digue de la petite ville de pêcheurs où elle était allée si souvent avec Antoine, des creux d'eau bleutés, tapissés d'écume, se gonflant, comme aspirés, aimantés par un ciel balayé de nuages noirs, gigantesque poumon marin explosant soudain, faisant voler en éclats baies et toitures, détruisant la nouvelle école de voile et la criée, emportant les vérandas de bric et de broc où elle avait l'habitude de venir boire un verre face au port, seule ou avec Antoine, des amis, manger une glace, une crêpe, avec les enfants, on avait retrouvé, accrochés dans les arbres, chaises, bancs, paravents, nappes, toiles cirées.

Le vrombissement de l'avion se fit plus doux. Son voisin referma son livre, le posa sur la tablette à l'arrivée du steward, grand escogriffe cravaté, cheveux noirs gominés, gilet satiné gris et chemisette blanche impeccable, auquel il demanda du vin rouge. Le steward lui tendit, comme à Jeanne, la même petite bouteille en plastique bleutée, un vin italien au goût aigre. Elle sortit de son emballage la couverture polaire rouge, en enveloppa ses jambes, cala l'oreiller contre sa joue, étendit son blouson sur le haut de son corps. Bientôt il n'y eut plus que le ciel bleu et un tapis de nuages cotonneux.

Welcome miss, avait dit en souriant le douanier en lui tendant son passeport, un Hispanique joufflu qui portait à l'annulaire de la main gauche trois anneaux argentés entremêlés. Derrière elle, la file des voyageurs s'allongeait, emmitouflés, le haut de la tête émergeant à peine des écharpes, des foulards, des cols relevés serrés : le vent cinglait.

Deux jours plus tard, elle s'était habituée au froid, n'y songeait plus, marchait, vorace, arpentant la ville de part en part, 14e rue, Williamsburg, Union Square, Dumbo, Times Square, Battery Park, 86e rue, Upper East Side, Astoria, Columbus Circle, 75e rue, Grand Central, Prospect Heights,

Harlem, Brighton Beach, réalisant que la température n'avait sans doute guère dépassé – 10 °C depuis son arrivée quand, poussant la porte d'un bar, la chaleur fondait sur elle.

*

Tu es en colère.
Tu es folle.
Tu ne souris plus.
Ces mâchoires serrées.
Tu ne me dois rien.
Tu ne me souris plus.
Tu me juges.
Ton odeur a changé.
Tu me surveilles.
Ces rides au-dessus de ton front.
Je ne respire plus.
J'ai peur de toi.
Je m'ennuie.
Nous nous ennuyons.
Tous ces cheveux blancs.
Je suis ton débiteur.
Je ne te désire plus.
Ton odeur a changé.
Tu as tellement vieilli.
Regarde-toi.
Tu me parles de choses qui n'existent pas.
Comment peut-on oublier ça ?

De l'autre côté

D'autres corps que le tien.
J'ai oublié.
Tu es fou.
On devrait pouvoir se souvenir de tout.

Le bel amour

L'endroit bruissait de voix. Sur une banquette, un couple discutait avec animation. Une rouquine hirsute d'une vingtaine d'années et un homme plus âgé, qui malgré la chaleur de l'endroit avait gardé son bonnet de laine écru, se penchaient sur un tas de feuilles blanches que l'homme annotait. À leur gauche, un septuagénaire tapait sur son iPhone. Au centre de la salle, regroupées autour d'une longue table rectangulaire noire, quatre filles en tee-shirt travaillaient sur leur Mac. Partout ailleurs des clients jeunes, étudiants pour la plupart. Seul dans une enclave aux murs bruns, un type au crâne rasé, la trentaine, casque argenté sur les oreilles, ébauchait du haut du corps une danse saccadée à laquelle personne ne prêtait attention, s'arrêtait quelques secondes pour jouer des doigts sur son portable, laissait de nouveau ses bras onduler au-dessus de son ordinateur.

Une heure plus tard ; il ne restait plus que trois étudiantes sirotant leur jus de fruits autour d'une table basse, le type chauve ne bougeait plus. La peau de son crâne luisait sous la lumière tamisée et son visage inexpressif avait quelque chose d'un masque.

Jeanne finit de boire son café, refroidi depuis longtemps, avala le reste de sa tarte aux pommes, s'habilla et sortit. La température avait chuté de plusieurs degrés. Elle jeta un œil vers l'intérieur de la salle. Elle descendit la 7e avenue, arriva à hauteur du Village Vanguard, coincé entre une pizzeria et une boutique de manucure, marqua un temps d'arrêt, hésita à entrer, tentée, attirée par la grappe de clients de noir vêtus, frigorifiés mais lui sembla-t-il joyeux sous le minuscule auvent rouge, cependant renonça, continua sur Waverly Place, se souvint de l'envie qu'avait un jour exprimé Antoine d'y aller avec elle, *tu verras, ma Jeannette.* Wall Street était à cinq minutes. Elle reconnut à hauteur de Christopher Street l'enseigne de la Citybank et, un peu plus loin, le bar à vins où elle s'était arrêtée la veille, un type entre deux âges, cheveux grisonnants et costume gris impeccable, éclusait sa bouteille en silence.

La 6e avenue était presque déserte, traversée de loin en loin par des taxis filant vers Central Park. Le vent montait en puissance. Les passants se hâtaient. Elle s'engouffra dans le métro, heureuse de pouvoir se réchauffer un peu. Ses yeux la brûlaient. Elle grelottait.

Le métro était bondé, comme si une partie des habitants avait trouvé refuge là, sous terre, fuyant le vent et le froid qui enveloppaient la ville depuis des semaines, encore avait-elle échappé aux tempêtes de neige dont ne subsistaient que des amoncellements crasseux. Lorsqu'elle atteignit Kingston-Throop, elle était la seule Blanche du wagon : presque tous les autres étaient descendus à Fulton Street, le dernier arrêt avant de quitter Manhattan pour Brooklyn. Deux filles téléphonaient sur le quai, habillées pour sortir, attendant le train qui arrivait dans l'autre sens. Hauts talons, slim satiné, blouson épais bleu pétrole pour l'une, noir et rouge pour l'autre, cheveux lissés, rouge à lèvres vermillon, fard pailleté aux yeux, cache-oreilles rose et blanc.

Un noyau d'irréductibles poireautait à la sortie du métro. Malgré l'heure avancée, les restaurants miteux de la rue étaient pleins, la plupart des épiceries encore ouvertes. Le vent cinglait. Elle enfonça le nez dans son écharpe. Le chemin jusqu'à sa rue lui parut interminable, elle n'avait pourtant marché qu'une quinzaine de minutes, courbée, luttant contre les bourrasques. Son briquet allumé à hauteur de la serrure, les doigts gourds, elle parvint enfin à enfoncer la clé. La porte s'ouvrit dans un clic. La cage d'escalier sentait les grillades, les épices. Les propriétaires regardaient la télé. Fusillades. Hurlements de chiens. Cris.

En arrivant au deuxième étage, elle trouva, déposée dans une assiette blanche, enveloppée dans un film plastique transparent, une part de cheesecake. Elle sourit. La veille, alors qu'elle s'apprêtait à partir – elle avait prévu d'aller passer la journée à Coney Island –, le propriétaire était sorti sur le palier et l'avait invitée à entrer pour boire un café, lui vantant les talents culinaires de son épouse.

*

8 février

Ma douce, douce Jeanne,

Je t'envoie quelques nouvelles, quoique tu m'aies téléphoné hier – j'ai reçu à ce sujet une aimable surprise : ma facture. En bref, mes maigres économies préfèrent me voir écrire, ce qui, à ce que l'on dit, favorise les réflexions intelligentes. Mais avec moi il est possible qu'on ne puisse choisir entre gros rires téléphoniques et bêlements épigraphiques.

Il me reste tout juste 4 000 francs par mois jusqu'à fin avril, au point que je ne pense pas aller, finalement, à Florence, ni à Rome, où je n'ai que faire, du moins pour mes recherches. Alors vas-y, dis-le. Mon séjour italien a été absurde, sinon inutile ? Je ne suis pas loin de le penser. J'ai malgré tout mis la main sur quelques références intéressantes à Florence, qu'il m'aurait été fastidieux de dépouiller à Paris. Ce n'est déjà pas si mal.

Je demeure donc au calme pendant février, ayant largement de quoi m'occuper. Je vais repiquer quelques photos (j'ai eu d'excellents résultats) et faire des calques. J'ai des traductions à finir et des passages à rédiger, si le courage me vient.

Pense donc à moi qui trépigne en Toscane et me morfonds devant mon petit pécule. Mais je le sais bien : je suis un enfant gâté.

Je t'embrasse et pelote tes petits seins, frais et doux.

Antoine.

*

Antoine était parti deux ans plus tôt. On venait de fêter la nouvelle année en famille, dans la maison que les parents d'Antoine possédaient au bord de la mer.

Jeanne avait aimé cet endroit dès le premier jour, la ville et la maison vides, endormies, les bâtisses robustes, les falaises de grès émergeant des eaux, les plages sauvages interminables au sable crémeux et fin, giflées par le vent, les criques qu'on ne gagnait qu'au prix de longs détours, sur des sentiers escarpés, serpentant au milieu de la lande puis dégringolant vers le rivage, le seul lieu désormais où elle se sentait chez elle et qu'elle quittait ragaillardie, apaisée, quelles que fussent les mésententes, les incompréhensions qui avaient constitué, au tout début car les années qui suivirent se pacifièrent et, même, marquèrent la naissance d'un attachement dont l'intensité l'étonna, l'essentiel de ses liens avec les parents d'Antoine.

Ce sentiment s'était amplifié quand, plus tard, des gens du village avaient racheté la ferme où elle avait grandi, deux types déplaisants qui, un soir d'été, avaient chassé sa mère venue rôder sans trop savoir pourquoi près de leur ancienne maison, profitant de leur absence pour franchir le portail, faire le tour du jardin, se glisser dans les allées, jeter un œil par-dessus les murs, entre les persiennes, le cœur battant : elle haïssait autant cet endroit que Jeanne l'aimait mais on lui avait dit, croyait se souvenir sa mère, que les deux types avaient revendu une partie des bâtiments – à commencer par la maison où ils avaient vécu tous ensemble, Jeanne, ses parents, ses grands-parents et arrière-grands-parents paternels ainsi qu'un ouvrier agricole prénommé Henri dont la main gauche ne comptait plus que deux doigts et que Jeanne, qui occupa sa chambre quand il partit à la retraite, adorait – à des Hollandais qui avaient chamboulé le jardin, construit des dépendances, les deux gars n'avaient conservé pour les exploiter que les terres et les granges, et elle voulait voir, curieuse des transformations que les Hollandais avaient entreprises en dépit de sa détestation du lieu.

— Tu te rends compte ? Virée comme une malpropre dans la maison où j'ai vécu pendant presque cinquante ans ! À mon âge ! Quand je pense que tu allais à l'école avec eux, que je les ai tenus sur mes genoux ! Les salauds, ils n'ont pas honte. À croire que cet endroit est destiné à n'être habité que par de sales gens. J'espère que l'avenir t'épargnera plus que moi, ma petite Jeanne. J'espère aussi que tu pourras vivre dans un endroit que tu auras choisi, parce qu'être enterrée vivante dans une maison où on ne t'aime pas, crois-moi, c'est pire que vivre au milieu des rats.

Une soirée sage, donc, passée en compagnie d'oncles, de tantes, de cousins qu'on retrouvait de loin en loin, éparpillés dans toute la France et réunis pour l'occasion à l'initiative de la mère d'Antoine, ponctuée à mesure que les heures avançaient par les emportements de ce dernier, plus agressif, plus hargneux qu'à l'ordinaire, cherchant à en découdre au moindre prétexte, vitupérant contre l'incurie des uns, l'égoïsme des autres, un désastre sans fin auquel Jeanne avait accordé une oreille plus que complaisante, et pas seulement ce soir-là, elle le comprenait maintenant. Les parents d'Antoine s'en étaient inquiétés le lendemain auprès d'elle. Elle avait feint de n'avoir rien remarqué. Sur le trajet du retour, il n'avait pas décroché un mot, se contentant de jurons ou de soupirs exaspérés quand un poids lourd, une voiture, l'obligeaient à patienter. Il était fatigué, mal rasé, avait les joues creusées, les mâchoires serrées. Son nouveau visage depuis quelque temps déjà.

Pas de longues virées sur les routes côtières comme avant, quand Antoine et elle conduisaient à tour de rôle, roulant au hasard, flânant emmitouflés jusqu'aux oreilles sur les plages glacées, sirotant leur bière dans des bars désertés par les touristes, faisant mille projets, rêvant d'avenir, de lieux à occuper, à visiter, de villes où ils s'installeraient, vivraient avec leurs enfants quand il aurait trouvé du travail. Cette fois-là, il avait à peine quitté la maison, passant le plus clair de son temps devant son ordinateur.

Pendant des années, ils avaient fait le voyage sans querelle, écoutaient la radio, parlaient, chantonnaient sur leurs airs préférés, piochant dans le stock de CD qui ne quittaient pas la voiture, revenaient aux mêmes, Hendrix, les Beatles, Monk, Buckley, un peu de variété, de vieilles chansons, parlaient encore. Ce furent six heures de silence. Même les petits, d'ordinaire prompts à se disputer, n'avaient pas bronché.

Jeanne finit de manger son cheesecake allongée sur le lit, feuilletant un livre de décoration consacré aux intérieurs new-yorkais, laissé avec quelques autres sur une étagère d'angle en bois tourné au milieu d'un fatras de bibelots plus ou moins raffinés, vases design, verres anciens, petits animaux de porcelaine, coupelles en argent ciselées. Elle se déshabilla et prit une douche pour se réchauffer. Blottie sous les couvertures, elle ouvrit son ordinateur, alla sur sa messagerie, commença à écrire, s'interrompit, consulta sans raison ses sites d'infos habituels, regarda quelques vidéos qu'elle n'avait pas encore osé mettre à la corbeille, vacances en famille. Plage, 55 secondes, Antoine et l'aîné de leurs enfants courant sur le rivage. Plage, automne, 31 secondes, Antoine sortant de l'eau et marchant vers elle, radieux. Bar-restaurant, Saint-Palais, automne, 1 minute 15 secondes, Jeanne et leurs enfants faisant les pitres. Plage, 32 secondes, leurs jambes mêlées sur le sable, la silhouette menue de leurs enfants à peine sortis de l'eau et courant vers leur serviette. Chemin forestier, hiver, Antoine et leurs enfants marchant d'un pas cadencé au milieu des feuilles mortes, blouson en cuir gris pour lui, doudoune verte pour les enfants. Il partirait quelques jours plus tard.

Juin.

Le parfum sucré du chèvrefeuille entrait dans la pièce, porté par une brise tiède.

Les voisins, un couple de retraités auxquels rendaient visite, avec l'arrivée de l'été, une ribambelle d'enfants et de petits-enfants habillés comme des premiers communiants, observaient et commentaient leur œuvre du jour : l'élagage de la haie de laurier dont le voisin de droite s'était plaint comme d'habitude.

Les enfants partaient à l'école de mauvaise grâce. L'année scolaire tirait à sa fin, l'orientation avait été décidée, ils ne faisaient plus grand-chose en classe et disaient s'y ennuyer ferme. Jeanne ne savait pas si le temps leur semblait, là-bas, aussi long qu'ils le prétendaient, s'ils râlaient ainsi qu'ils avaient pris l'habitude de le faire depuis quelques mois, se plaignant d'un rien quand ils étaient d'ordinaire de bonne composition, passant outre ses sautes d'humeur et leurs propres préoccupations, querelles et amours enfantines oubliées dès qu'ils rentraient, ou bien s'il s'agissait d'autre chose, ne l'avaient-ils pas vue pleurer, s'installer à table les yeux rougis, l'aîné la protégeant souvent contre les colères du plus jeune, venant le soir s'allonger sur son lit, bavarder un peu avant de retourner dans sa chambre ?

— Tais-toi, crétin ! Tu vois pas que maman pleure ?

Jeanne attendait. La peine, la peine de chacun d'entre nous, qu'on le désirât ou non – certains s'y complaisaient et elle savait bien qu'elle y avait barboté jusqu'à la nausée mais il n'y avait rien à faire : elle lui tombait dessus, l'enveloppait, ne la lâchait plus pendant des heures, des journées entières – finissait par plier bagage, s'user, refluer.

Antoine avait fini par ressembler à ce vieux ronchon : plus rien ne trouvait grâce à ses yeux. Il était en guerre contre tout, contre tous, contre elle, prêt à s'emporter à la moindre étincelle Elle n'avait rien pu faire. De quelque côté qu'elle présentât les choses, il ne voyait que le plus sombre, était entouré d'imbéciles occupés à lui gâcher la vie, de médiocres. Elle était devenue l'un d'eux.

Il lui avait écrit un jour, dans l'un de ces mails pleins de rage et de peine que Jeanne à tort souvent initiait, refusant d'accepter leur séparation, préférant la violence de ces échanges à la disparition pure et simple d'Antoine, ne voulant pas croire ou, plutôt, ne pouvant admettre qu'il était vain, stupide, de chercher à comprendre ce qui ne pouvait plus l'être puisque Antoine l'avait déjà gommée, remplacée, était pressé, elle le sentait, de se débarrasser d'elle, d'ensevelir ce qu'ils avaient été l'un pour l'autre de sorte qu'il recomposait, réécrivait leur histoire jusqu'à la nausée, Antoine, donc, lui avait écrit que c'était sa présence à elle qui salissait ce qu'il voyait, qui le salissait aussi, lui, dont elle ne cessait, se plaignait-il, jour après jour, semaine après semaine, de pointer les insuffisances, les manquements.

— Tu me demandes l'impossible, disait Antoine.

Elle essaya de se souvenir de son sourire, celui, malicieux, gourmand, qu'il avait parfois en regardant jouer les enfants, ou bien cet autre lorsqu'il s'approchait d'elle, les yeux brillants, caressait son cou et serrait doucement sa nuque avant de l'attirer à lui, disant je vais te manger, prenant sa main dans la sienne et l'entraînant sur le lit où il écartait ses cuisses avec délicatesse, souriant toujours, avant d'enfouir son visage entre ses jambes, c'était il y a longtemps, quand les sentiments qu'ils éprouvaient l'un pour l'autre étaient joyeux et doux.

— L'amour n'est pas une sommation, disait-il encore.

Aurait-elle dû rougir d'avoir aimé Antoine au point d'être devenue aux yeux de la plupart de ses amis une âme perdue, vendue aux bluettes du temps, en plus d'être une carpette ? La vie était longue, répétaient-ils, alors vis, Jeanne. Oublie-le.

— On ne peut pas aimer quelqu'un autant que tu le prétends. On ne peut pas, Jeanne.

Elle avait alors quarante-cinq ans et, tandis que le début de *Taxman*, des Beatles, s'échappait de la petite radio rouge posée sur sa table de chevet et annonçait le programme suivant, une émission de cinéma dont le pédantisme l'exaspérait, elle répétait incrédule son âge, à voix haute, quarante-cinq ans, j'ai quarante-cinq ans, j'ai quarante-cinq ans et je suis une enfant vieillie, prête à voir surgir sa mère dans l'embrasure de la porte, qui vient la chercher pour aller cueillir des cerises au fond du jardin et préparer avec elle un clafoutis, sa mère qui nouait un grand torchon de coton grossier autour de sa taille, trois œufs, un litre de lait, cinq mesures de sucre, cinq cuillerées à soupe de farine, un peu de beurre fondu et le plus de fruits possible.

Elle ramena l'oreiller sous sa joue.

Un souvenir lui était revenu quelques jours avant de partir à New York, elle se rendait au lycée. Un de ses premiers amants, il s'appelait Philippe, lui avait ri au nez parce qu'elle s'inquiétait, déjà, de l'avenir de leur histoire commençante.

— On se connaît depuis une semaine et tu me parles d'avenir ?

C'était un matin de printemps. La fenêtre de la chambre de Philippe, puisqu'ils avaient dans son souvenir passé la nuit chez lui, était grande ouverte. Ils étaient nus sur le lit. Ils avaient beaucoup bu la veille, fumé aussi quelques pétards avec des copains, ce qu'elle n'aimait guère, redoutant le moment où son cœur se mettrait à battre soudain trop fort, elle passait alors la tête sous l'eau et attendait que son cœur se calmât.

— Si tu t'envoies en l'air en pensant à la gueule qu'on aura tous les deux dans vingt ans, baiser, juste baiser, risque de devenir compliqué.

Pour l'instant, moi, ce qui me plaît, c'est ton cul, ma Jeannette, et c'est déjà pas si mal.

Après quoi il avait entrepris de lui mordiller les fesses.

L'insolence d'Antoine, une insolence tranquille, avait eu d'autant plus de charme aux yeux de Jeanne qu'elle n'ignorait pas son origine : le rigorisme de ses parents ; le souci qu'ils avaient, bien qu'il fût difficile de l'avouer sans être humilié, aussi n'en disaient-ils rien, de l'opinion des autres, à commencer par celle de leur propre famille, pieuvre éprise de cohésion et guidant leurs pas, leurs conversations, leurs sourires, ordonnant repas, soirées, vacances, où chacun jouait des coudes pour donner une image parfaite de réussite, de santé, de bonheur ; leur détestation de toute forme d'excès à l'exclusion des plus insolentes réussites dont la gloire et le mérite rejaillissaient sur eux. À tout cela, qu'il évoquait avec un détachement surprenant, il semblait à Jeanne qu'Antoine avait tourné le dos avec panache, signifiant sans pesanteur que, s'il ne haïssait pas ses parents, il n'avait rien de commun avec eux.

Lorsque Jeanne avait rencontré les parents d'Antoine, mesurant le gouffre qui les séparait, à l'époque, de leur fils, dans le salon briqué, baigné de soleil, où ils les avaient reçus tous les deux, intimidés, empressés, hésitants, laissant leurs phrases en suspens et cherchant pour se rassurer, peut-être, leur assentiment, ne la dévisageant pas moins, ne renonçant pas moins à détailler son visage, ses mains, sa poitrine, comme pour y découvrir une vérité inavouable, quelque chose qu'ils ne pouvaient ignorer d'elle et dont il fallait se méfier, elle s'était sentie flattée, honorée même, qu'Antoine l'eût choisie, elle, Jeanne, quand on lui avait prédit – sa sœur, sa mère, à laquelle pourtant elle ne pouvait reprocher une quelconque méchanceté, du moins pas sous une forme ordinaire – une vie de solitude, une vie recluse, la seule qu'elle fût capable de mener puisqu'on avait fait d'elle une incapable.

Tu n'as aucun sens des réalités.

Partageant, en somme, avec Antoine, la volonté farouche de ne rien reproduire qui lui déplût ou lui inspirât du dégoût, elle pensait que, de son côté, celui-ci avait reconnu en elle son alter ego, quelqu'un qui ne s'en laisserait pas conter et avait pris le parti sans doute naïf, mais sincère, de la liberté, du renoncement joyeux à ce que leurs parents leur avaient transmis de plus funeste, de plus sinistre, une prison dans laquelle ils ne voulaient à aucun prix demeurer plus longtemps.

Qu'ils se fussent rencontrés en terre hostile, comme ils se le rappelaient quelquefois, n'avait pas été sans conséquence sur leur avenir.

Lorsque Antoine était parti, quand la neige puis une épaisse couche de glace avaient rendu les rues impraticables et que, pendant des semaines, elle n'avait pu quitter leur appartement sans vertiges ni panique – Jeanne n'ayant pu s'empêcher de prendre cet épisode climatique spectaculaire pour une métaphore de ce qu'était devenue en quelques semaines son existence : une prison glacée –, il lui fallait vider la bouteille pour recouvrer un peu de calme, bâillonner ses pensées. Parfois elle vomissait. Parfois elle encaissait. Les médicaments faisaient le reste.

J'ai envie de te gifler quand tu fais ça.

Ferme-la.

Comment être certain que procéder à l'examen des faits, des événements qui composaient une vie, la sienne, celle d'Antoine pour autant qu'elle la connût, ce dont elle doutait désormais, leurs vies mêlées pendant près de vingt ans et pour finir le constat sidéré d'avoir vécu aux côtés d'un étranger, comment être certain que ces plongées dans leur passé commun, qu'elle s'imposait, butée, persuadée qu'il finirait par en sortir quelque chose, n'étaient pas une perte de temps ? Et lui, s'épuisait-il comme elle en questionnements ? Le voulait-il ? Il était probable que non.

Il avait oublié l'heure à laquelle les enfants sortaient de l'école, butait sur les noms, fouillait dans ses souvenirs pour retrouver l'adresse de certains de leurs amis. La plupart n'avaient plus de lui la moindre nouvelle. Antoine s'y connaissait pour achever les souvenirs.

Elle savait bien qu'elle s'était souvent montrée plus que réservée à l'endroit de ce qu'elle nommait la maladie de l'introspection, une maladie comminatoire, qui nous poussait à nous écorcher, à fourrer sans répit le nez dans les entrailles du passé, à pourchasser les folies familiales où s'enracinaient nos errements, pour notre bien, parce que nous pensions que nous trouverions là la clé de nos tourments, de notre détresse, parce que toute autre attitude revenait à faire de nous des lâches ou des crétins, parce que, enfin, il était illusoire de croire qu'on pouvait renoncer à toute forme de mythologie : des histoires, nous ne cessions de nous en raconter.

Antoine, d'ailleurs, partageait son dédain pour cette manie inquisitrice à laquelle on s'adonnait avec une application et un sérieux inébranlables, la foi moderne, disait-il d'un ton railleur, où il ne voyait rien de plus qu'un symptôme et non une source de connaissances, la clé de nos agissements les plus obscurs, la possibilité d'une délivrance, d'un apaisement : on en aura bientôt fini avec toutes ces conneries, je te le dis.

Il n'en demeurait pas moins qu'Antoine n'eût rien perdu à s'interroger sur la colère qui l'avait envahi, s'était nichée en lui, en eux, comme le lierre, les étouffant, les chassant les uns après les autres, Jeanne, leurs enfants, leurs amis, qui l'écoutaient impuissants déverser son amertume, ses frustrations, ses reproches, une colère ancienne, enfantine, que leurs premières années de vie commune, prometteuses, heureuses, avaient contenue, il le lui avait dit souvent. Mais de ses recommandations, de plus en plus craintives à mesure que le temps passait, sans doute aussi de plus en plus résignées, il n'avait eu que faire, faisait la sourde oreille, bottait en touche, se laissant prendre au piège de l'insatisfaction et des regrets, qui le rongeait comme un cancer, incapable de comprendre qu'il était en réalité son pire ennemi : l'herbe était toujours plus verte ailleurs.

Jeanne eut soudain soif. En passant devant la fenêtre pour aller à la salle de bains, elle aperçut, garée sur le trottoir d'en face, vitres baissées malgré le froid et basses hurlantes, une Mercedes blanche. Un type en descendit, qui se mit à siffler, trois coups brefs, en appui sur le capot. La fenêtre du premier étage s'ouvrit et se referma aussitôt. Deux filles sortirent quelques minutes plus tard, maquillage et talons hauts, robes courtes, noire pour l'une, rouge pour l'autre. Elles riaient. Ils montèrent tous les trois dans la voiture, qui démarra doucement, s'affaissa sur la chaussée dans un bruit de ferraille, avant de s'éloigner en trombe.

On entendit quelque temps encore le martèlement des basses, puis le silence revint.

L eau qui sortait du robinet était jaunâtre. Elle la laissa couler quelques secondes puis remplit son verre, qu'elle vida d'un trait avant de retourner se coucher.

À la fin de leur seconde année universitaire, au tout début du mois de juillet, Jeanne, Guillaume, un ancien camarade de lycée, et quelques autres, parmi lesquels Isabelle, une étudiante en lettres, avaient loué une petite maison en Corrèze, ou en Creuse, elle ne savait plus très bien. Murs crépis, meubles rustiques, clic-clac dans le salon, lits trop mous recouverts de tissus à grosses fleurs orangées, vaisselle en Arcopal, salle de bains immense et rose du sol au plafond, elle se souvenait encore de l'odeur de la maison, celle de la cuisine en particulier, une odeur de salpêtre, qui picotait les narines.

Ils étaient arrivés à trois voitures en fin d'après-midi sous un soleil écrasant. La maison, une ancienne grange, se dressait au sommet d'une colline grillée, entourée de tilleuls et de chênes dont l'ombre s'étendait sur le toit de tuiles orangées. Le propriétaire les attendait sur le pas de la porte, cigarette au bec, une Gitane maïs, dont Jeanne connaissait bien l'odeur. Son père fumait les mêmes. Les mégots jaunes, aplatis, s'entassaient dans les cendriers qui traînaient partout dans la maison, au pied des marches du perron où il aimait s'asseoir en fin de journée, seul, le chien, un épagneul noir, à ses pieds, les mégots finissaient par former un petit monticule que le soleil ou la pluie blanchissait, sa grand-mère parfois les ramassait et les jetait dans l'âtre de la cuisine.

Il avait fallu attribuer les chambres. Couples constitués, couples potentiels, les autres. La plupart des chambres comptaient deux grands lits. Jeanne s'était retrouvée dans celle d'Isabelle et Guillaume, aurait préféré dormir dans le clic-clac du salon, ou dans le couloir, sur l'un des matelas que leur avait désignés le propriétaire à la remise des clés, pointant du doigt le palier où ils s'entassaient, des matelas en mousse recouverts d'un tissu multicolore, mais elle n'avait pas insisté, elle les avait entendus baiser toutes les nuits.

Et c'était cela qui avait persisté après toutes ces années : le bras nu d'Isabelle dans la lumière tremblante des persiennes qui zébraient sa peau claire, son bras, son bras s'élevant dans la pénombre matinale puis s'abaissant sur l'épaule de Guillaume, le bruit de ses doigts caressant la peau de Guillaume, le bruit doux de sa paume allant et venant sur le bras, sur l'épaule, sur le dos de Guillaume, leurs chuchotements aussi, leurs rires étouffés et bien entendu elle avait pensé qu'ils riaient à ses dépens, pauvre petite Jeanne.

Le corps de Guillaume n'était pas pour elle et leur complicité de lycéens, cette exaltation commune qui avait suscité tant de jalousie, du moins l'avait-elle cru, en tirant quelque fierté, goûtant le sentiment cruel et délicieux que donnent certains privilèges, cette passion commune, donc, qui les avait nourris autant qu'ils s'en étaient nourris, était tout ce qu'elle pouvait espérer.

Isabelle avait surgi quelques mois plus tôt, condescendante et auréolée de ses succès universitaires, lors d'une fête étudiante organisée dans l'une des salles de réunion du campus, la veille des vacances de Noël. Jeanne connaissait le goût de Guillaume pour ce genre de filles, les bonnes élèves qui étaient aussi, prétendait-il, les plus dévergondées, du moins les plus promptes, afin qu'on ne les prît pas pour des cruches n'ayant jamais vu ni touché de bite à vingt ans, à exaucer certains de ses fantasmes, se faire sucer sur les marches du palais de justice, par exemple, ou dans les allées du cimetière de la falaise, de préférence collé contre la grille ouvragée des chapelles funéraires des grandes familles de la ville, il lui avait raconté ses exploits et même montré un soir – il était arrivé la veille et s'était écroulé sur le matelas après un interminable voyage en stop, avait-il expliqué, trois jours pour revenir du Portugal et des plages de Faro – les photos qu'un ami avait prises caché derrière un tronc d'arbre, Guillaume appuyé contre un mur, le pantalon sur les chevilles et la fille à genoux, le soleil se couchait, la fille n'y avait vu que du feu, deux ans plus tard, trois peut-être, il partait à New York.

À toi je peux tout dire, ma Jeannette.

Chaque matin, elle attendait qu'ils eussent quitté la chambre pour se lever, s'habiller, passait devant leur lit défait comme on contemple un festin défendu.

C'est comme ça, répétait à l'envi sa mère, qui, aujourd'hui encore, l'abreuvait au téléphone de ses remarques désabusées, tristes mais rarement aigres, semblant chercher partout la confirmation de sa désillusion et n'évoquant la plupart du temps que des histoires sordides, drames médiocres, ceux de ses voisins, de connaissances communes, des remarques usées, épuisantes, où perçait pourtant, elle ne savait par quel miracle, par quelle volonté sourde de ne pas se montrer sous un jour trop avilissant, de ne pas se laisser déborder par le désastre qu'avait été la vie de sa mère, des accès de gaîté enfantine, de légèreté pure, et pendant quelques instants ses défaites, ses humiliations, étaient oubliées, enterrées.

Du moins Jeanne voulait-elle croire que sa mère ne jouait pas la comédie. Il lui semblait, à barboter depuis des mois dans la boue de leur séparation, à essuyer semaine après semaine une énième manifestation du désintérêt grandissant dans lequel il l'avait enfermée, chaque nouveau message d'Antoine lui apportant sinon une preuve du moins un indice supplémentaire que sa vie s'écrivait sans elle, sans leurs enfants auxquels elle se savait enchaînée, situation qui l'embarrassait, lui, bien moins qu'il ne le prétendait car il n'aurait pour rien au monde renoncé à sa nouvelle liberté, Jeanne se demandant même quelquefois, à l'entendre se plaindre et tenter d'échapper à ses maigres obligations, si l'existence de ses enfants ne se réduisait pas désormais à un poids, s'il ne regrettait pas, après tout, de n'avoir pas le cran de rompre le lien qui les unissait, il semblait donc à Jeanne que sa mère était la seule personne qui fût incapable de faire volte-face, de se renier.

Antoine l'avait trahie. C'était la vérité, implacable, sèche, crue.

Il lui en avait fallu, du temps, pour tordre le cou à l'illégitimité qui, des années durant, l'avait étreinte jusqu'au ridicule, la poussant à s'effacer, à tourner le dos sans chercher à lutter. À quoi bon se battre puisqu'elle n'avait aucune chance, que la partie était trop ardue et l'adversaire trop coriace. Emporter le morceau parce qu'on pensait le valoir, ou le perdre d'emblée parce qu'on pensait le contraire n'étaient que les deux faces d'une même pièce et constituaient un puissant ciment social : les contes de fée n'existaient que pour nourrir de ridicules espoirs. Les victoires, les pas de côté, étaient exceptionnels ou dérisoires.

S'il était arrivé qu'on louât son indépendance d'esprit, son originalité, son audace même, elle savait bien ce qu'il en était : la force de ses rêveries l'avait, seule, protégée de la médiocrité, lui avait tenu lieu de forteresse et de combat tout à la fois. Ses promenades dans les bois, sur les chemins envahis de broussailles qui traversaient l'exploitation familiale, ses disparitions des après-midi entiers, plus tard ses déambulations sans fin dans des villes choisies au hasard, étaient une manière de clouer le bec aux colères et aux peurs qui souvent l'assaillaient, une manière, aussi, de gommer, de raturer, de laver, le temps de ces promenades solitaires, ses propres manquements, en quoi nichait sans doute une partie de sa joie, malgré tout, une joie fragile, une forme de fantaisie, qu'elle s'ingéniait à reconstruire avec entêtement à peine l'avait-on écornée, fermant les yeux et se laissant emporter : elle essayait de survivre à l'asphyxie qui la guettait. Une bonne nature, cette petite Jeanne, disait-on, et en un sens c'était vrai.

Mais il lui semblait être toujours sale et importune.

En la quittant, quelques mois seulement après avoir décroché le travail qu'il espérait depuis si longtemps, Antoine le lui avait en somme rappelé et l'avait renvoyée, pensait-elle, à sa médiocrité. Il avait donné corps à ses rêveries, puis les avait tuées. Le génie était rentré dans sa boîte. Certaines nuits, elle s'éveillait en sursaut : Antoine prenait sa tête par les cheveux et la plongeait dans l'eau glacée de la baignoire.

*

Tu étais légère.
Tu étais insouciant.
Tu souriais souvent.
Tes joues se sont creusées.
Je ne suis que reproches et insuffisances.
Je suis morte sous tes doigts.
Tu me mangeais du regard.
À qui penses-tu ?
Qu'ai-je fait ?
Baise-moi.
Notre amour malpropre.
Tu mens.
Je ne veux pas vieillir sous des yeux brillants de colère.
Tu mens.
Tu as tué nos promesses.
Je n'ai rien promis.
On devrait pouvoir se souvenir de tout.
Tu es mon tombeau.
Et puis un jour ta peau, le grain de ta voix, ont quitté mes pensées.

Comme la douceur des dunes.

Comme la lumière blanche perçant les nuages au-dessus de la mer.

Comme les galets roses dont nos enfants faisaient des murailles.

Comme la bruyère violette sur mes chevilles nues.

Morts, comme ma peau sous tes ongles.

Désormais tout se vaut.

Je te hais.

Je te plains.

Je préférerais que tu prennes ma tête et la frappes contre un mur.

Une douleur chasse l'autre.

Frappe.

Au paradis

C'est alors – Jeanne allait avoir vingt-sept ans – que les apparitions d'Antoine sur la place ombragée, bordée de marronniers, où elle avait l'habitude de venir boire un verre en fin d'après-midi, du vin blanc, qu'on leur servait avec des glaçons, avaient agi sur elle comme un sortilège – une grâce infinie émanant de sa silhouette menue, de son regard espiègle, quand il s'avançait vers la table où l'attendaient ses amis, et, se souvenant de ces instants avec émotion, sentant des frissons courir sur la peau nue de ses bras, elle ne pensait pas trahir l'atmosphère singulière de ces jours-là ni avoir embelli le sentiment qui la gagnait alors, illuminant ses journées.

Jeanne se réveillait heureuse, tout entière tournée vers le moment délicieux où elle le verrait surgir de nouveau sur la place, marchant à grands pas, mains dans les poches, portant la plupart du temps un pantalon noir fuselé et une chemise blanche, parfois l'un de ces gilets de satin trouvés dans les friperies du quartier médiéval et que des années durant il avait mis, avant de s'en débarrasser quand ils avaient quitté la ville ou, plutôt, de les plier soigneusement et de les ranger dans les cartons qui les avaient suivis de déménagement en déménagement et dont le nombre augmentait, année après année, des dizaines de vêtements, de photos, de lettres, de cours, de livres, d'objets hétéroclites, de vieilleries et de bibelots en tous genres, car Antoine ne jetait rien.

Antoine, en ce temps-là, était donc gai, d'une gaîté que rien ne semblait pouvoir entacher : l'avenir était léger, l'adversité n'existait pas ou plutôt s'était tue, anesthésiée par les promesses, et la confiance qu'Antoine avait dans ses propres forces. Il était l'impertinent du groupe auquel elle avait fini par se joindre un peu plus tard, présentée par un ami commun qui sortait à l'époque avec une des filles, Anne, ou Florence, elle ne savait plus, Jeanne avait l'été d'avant travaillé avec lui. Cueillette et conditionnement des melons charentais, huit heures par jour en plein soleil, parfois douze, sur des sols brûlés, nuits dans une grange poussiéreuse où le propriétaire avait installé une quinzaine de lits de camp et, dans un coin, dissimulée par une cloison de tôle, une douche, un tuyau de plastique pendouillant le long du mur, bourdonnement incessant de frelons nichés dans la charpente : elle avait eu, pendant les trois semaines qu'avait duré le ramassage, toutes les peines du monde à s'endormir, redoutant que leur nid ne tombât dans la nuit sur elle, se souvenant, recroquevillée dans son sac de couchage, du récit terrifiant que lui avait fait sa grand-mère un après-midi d'été, sur les marches fraîches du perron où elles s'étaient installées à l'ombre, sa grand-mère, donc, racontant comment elle avait reçu un nid de guêpes sur la tête, Jeanne était alors en Yougoslavie quand c'était arrivé, sur la côte Adriatique, quelque temps avant l'implosion du pays.

Elle avait tenté de décrocher le nid avec une épuisette, avait-elle expliqué, croyant les guêpes endormies par le produit qu'elle venait de pulvériser, mais l'échelle de bois, qu'elle avait posée contre le tronc du cerisier, avait bougé puis s'était affaissée, sans doute une galerie de taupe, elle avait perdu l'équilibre et emporté dans sa chute l'épuisette et le nid, d'où s'étaient échappées des dizaines de guêpes excitées : il avait fallu la conduire à l'hôpital, les mains et le visage couverts de piqûres et les yeux exorbités. T'es pas plus maline que ces bestioles, tiens, avait lancé dans la voiture en route vers l'hôpital le grand-père de Jeanne, un poivrot acariâtre de presque deux mètres, qui avait eu la bonne idée de passer l'arme à gauche l'année où Jeanne était née et dont le visage carré, aux sourcils noirs épais et aux lèvres charnues, avait trôné dans un cadre en cuir noir sur le buffet du salon longtemps après sa mort. La mère de Jeanne avait profité du réaménagement du rez-de-chaussée, peintures et tapisseries, pour escamoter la photo de l'ancêtre dont les jours s'étaient achevés sur le tas de déchets qu'elle faisait brûler chaque année, au début de l'été, contre le mur de pierres blanches qui ceinturait le jardin, Jeanne n'aurait manqué pour rien au monde ces grandes flambées que sa mère alimentait avec de l'essence dont elle aimait l'odeur au point, enfant, de s'en être parfumé les tempes et le cou, mais bon sang qu'est-ce que tu as encore fait ?

Un salaud de moins quand même ça fait du bien, avait soufflé sa mère qui d'ordinaire mettait un point d'honneur à ne rien dire de malveillant, on peut dire qu'il aura fait chier son monde jusqu'au bout, même ta grand-mère, qui l'admirait alors qu'il la traitait comme un chien, tout de même, où va se nicher la bêtise, Jeanne avait plus de vingt ans et son père venait de mourir. Sous le règne de ton ordure de grand-père, avait jeté avec hargne sa mère dans la cuisine où elles s'étaient réfugiées pour pleurer tandis que les employés des pompes funèbres fermaient le cercueil, elle avait vécu l'enfer, une brute épaisse, qui n'avait jamais accepté que son fils épousât plus pauvre que lui et le lui avait fait payer avec une constance que ses cirrhoses et ses accidents pulmonaires n'avaient pas entamée, ton père était faible, du moins quand il était avec nous, j'aurais aimé qu'il résiste et pour tout dire lui casse un jour la figure et nous protège, mais il était bon et tu lui ressembles, Jeanne, il faudra que tu fasses attention, la bonté, tu sais, les gens fondent dessus comme des rapaces, après quoi elles avaient rejoint les types des pompes funèbres, qui les attendaient avec sa sœur, immobiles sur les marches du perron. Ils étaient montés dans la voiture, fermant les portières en rafale, clac clac clac clac, et s'étaient engagés dans l'allée, roulant au pas jusqu'à ce que la voiture eût franchi la grille et se fût engagée sur la départementale.

*

9 août

Jeanne,

Écoute, c'est incroyable, tu n'as pas changé sur cette photo, drôle certainement, mais surtout émouvante. La robe ne trompe pas, celle, noire et blanche, que tu mets parfois, est tout à fait semblable.

Je retrouve une position que tu adoptes fréquemment, à genoux sur mon lit, la main gauche qui attrape, paume ferme sous le poids du bras tendu et doigts fins relâchés, le haut du genou, tandis que la droite est posée derrière la cuisse. Tu t'appuies sur la fesse droite, en léger déséquilibre, les épaules tournées vers la droite. Et pour moi cette posture est d'une beauté indicible. Toute cette langueur..

Tu as cette particularité féminine qui est d'avoir, lorsque le bras est tendu, l'articulation du coude légèrement inversée, formant un angle obtus très discret à l'arrière du bras. Plus haut, le membre s'évase légèrement, car les muscles supérieurs du bras, relâchés, sont appuyés contre l'aisselle, avant de disparaître sous l'emmanchure. Quelle grâce !

Tu transparais tout à fait à travers cette photographie, quand bien même est-elle voilée par l'enfance. Petit sourire goguenard, regard par en dessous. Je t'entends dire au photographe : « Très cher portraitiste, un bac à géraniums nous sépare, soyez flatté de pouvoir contempler mon superbe collier de perles en plastique… que vous n'aurez pas le plaisir de toucher. »

Je t'aime déjà il y a vingt ans ?

Envoie-moi encore des photos de toi. J'adore ça. Enlève-moi comme une vierge de chez mes parents.

Antoine.

*

Antoine surgissait par la rue pavée qui longeait la fac de droit, son sac de toile noir en bandoulière, accompagné d'un copain aussi maigre que lui et dont les bras interminables, tandis qu'ils s'approchaient tous les deux côte à côte, s'agitaient dans l'air tiède de ce début d'été, prolongeant ses paroles. Antoine souvent riait aux éclats, découvrant ses dents blanches, parfaitement alignées. Il fumait à l'époque des Dunhill.

Le Spoutnik. C'était là qu'ils se retrouvaient, ou dans la grande salle parquetée des Bacchantes quand il pleuvait ou qu'ils commençaient à grelotter en terrasse. Derrière le billard auquel personne ne jouait, de l'autre côté de la rivière qui ceinturait plus bas les vieux quartiers, longeant la falaise au sommet de laquelle avaient fleuri les années précédentes lotissements et zones commerciales, on apercevait le fouillis des immeubles du quartier des Dunes, sortis de terre en moins de trois ans et où venaient s'entasser ce que la ville comptait de cas sociaux, de retraités pauvres et d'immigrés, des Maghrébins et des Turcs au début, puis des Noirs, venus pour la plupart de Guinée-Conakry et de Sierra Leone au tournant des années 2000, qui ressuscitaient à chaque nouvelle élection et disparaissaient jusqu'à la prochaine, à moins qu'une énième échauffourée ne leur valût quelques jours, quelques semaines, la une des quotidiens locaux et l'indignation du maire et de ses édiles, on allait voir ce qu'on allait voir, on éradiquerait le mal et bouterait la misère et la violence hors de la ville.

Christophe louait un studio là-haut, au onzième étage de la tour des Œillets, qui devait son nom au maire socialiste de l'époque, dont l'épouse était née au Portugal et avait fui le régime de Salazar. Serrés comme des sardines sur la banquette en skaï rouge que Christophe avait lacérée à coups de cutter un soir de cuite, ils avaient plus d'une fois fait la fermeture des Bacchantes, commentant ivres sur la banquette la collection de pochettes vinyles qui recouvraient les murs du sol au plafond et faisaient la fierté du patron, Tony, guitariste rock et réplique impeccable de Jim Morrison.

Antoine et son copain maigrichon arrivaient sur la place peu avant dix-neuf heures. Les autres étaient déjà installés. Catherine, une grande brune assez sèche, dont le rire tonitruant faisait converger vers eux le regard désapprobateur des clients installés en terrasse, avec laquelle elle était devenue amie avant qu'elle ne décidât de s'installer en Australie, on n'entendit plus parler d'elle jusqu'à son divorce dix ans plus tard ; Christophe, donc, qui venait d'abandonner ses études d'anglais et s'était pris de passion pour la botanique, l'histoire des jardins et Gilles Clément, dont il venait de visiter le jardin à Crozant, dans le Limousin, disant que c'était là-bas qu'il voulait vivre désormais, il s'amusait à dessiner sur un coin de table toutes sortes d'essences, *Anethum graveolens, Crataegus, Salix alba, Juglans regia, Castanea sativa*, petits croquis au crayon de bois dont il les inondait, il était intarissable et finissait par exaspérer tout le monde, c'est bon Christophe, on a compris, la Creuse c'est génial mais on va pas non plus passer la soirée à réciter le Gaffiot ; Paul et Marie, l'un et l'autre assez timides, discrets plutôt, qui s'étaient rencontrés aux Beaux-Arts quatre ans auparavant et dont l'appartement, sombre et vétuste, abritait une imposante série de tableaux représentant Marie nue et dans toutes les positions, des tableaux de taille variable, miniatures ou toiles imposantes couvrant un mur entier, lesquelles pendant longtemps avaient émoustillé le petit groupe et alimenté les conversations, chacun se demandant si Marie prenait la pose pendant que Paul dessinait et quelle place, dans leur vie amoureuse, occupaient ces tableaux, s'il leur était arrivé de baiser après une séance de pose ou s'ils mettaient dans cet exercice intriguant le même sérieux de bon élève qu'on leur connaissait par ailleurs, si Marie était gênée de voir ainsi exposées les parties les plus intimes de son anatomie. Tu réalises qu'on prend régulièrement le café entre tes cuisses, avait un jour lancé Antoine à Marie pour la taquiner, avoue que ça t'excite un peu quand même, pas plus que les autres fois Marie n'avait répondu et personne n'avait jamais su ce qu'elle pensait, comme personne n'avait jamais vu les genoux de Marie ni la pointe de ses seins, Marie, qu'ils avaient toujours connue portant des pantalons, des tee-shirts à manches longues en été et des pulls à col roulé en hiver, noirs, Jeanne aussi pendant des années n'avait porté que des vêtements noirs.

À dix-neuf heures le petit groupe était au complet, levait le camp vers vingt et une heures pour aller manger, le plus souvent chez Paul et Marie parce qu'ils aimaient cuisiner et avaient un salon assez grand pour les accueillir tous. Avec les beaux jours, ils avaient entrepris d'aller pique-niquer au bord de la rivière, à la sortie de la ville. Souvent, ils revenaient faire un tour au Spoutnik en soirée, parfois des connaissances plus lointaines les rejoignaient.

Lorsqu'elle pensait à ces années-là, il lui semblait avoir été chassée du paradis.

L'intensité de son plaisir grandissait à mesure que se multipliaient les heures passées à observer Antoine et qu'entraient dans sa chair son visage et sa voix, l'intonation de sa voix, une voix flûtée, au débit rapide, une voix enveloppante et douce, délicate, qui faisait claquer les mots sans qu'il y eût quoi que ce fût qui pût sembler agressif, une voix claire, Jeanne se souvenant combien, quand plus tard ils durent vivre quelque temps séparés, celle-ci devint un réconfort puissant, la seule qui fût capable de disperser les colères, les difficultés, l'ennui qui parfois l'accablait. Antoine n'avait, oui, qu'à parler pour éloigner les tourments, il en allait de même pour lui d'ailleurs, il le lui avait dit souvent, de sorte que, l'un comme l'autre, ils passaient des heures entières accrochés au téléphone, se laissant bercer par leurs voix, Antoine trouvant comme elle toutes sortes de prétextes, dont il se moquait volontiers pour mieux souligner la force de ses sentiments, pour l'appeler, l'entendre, ce qu'ils avaient à se dire importait peu.

Jeanne, ma Jeannette, si tu savais comme tu me manques.

Comme j'aimerais que tu sois en ce moment auprès de moi, tu es si loin alors je t'appelle.

Je n'ai rien à te dire, rien à t'apprendre mais je t'appelle, c'est tout.

Elle se souvenait du jour où la voix d'Antoine, soudain, pour la première fois, lui déplut et lui arracha, quand elle eut reposé son portable sur la table de la cuisine, un soupir exaspéré. *Ferme-la.* La voix d'Antoine s'était muée en grincement irritant, un caillou dans une chaussure, qui ne pouvait rien faire d'autre qu'énumérer reproches, griefs, manquements, chapelet sinistre, elle ferait bientôt de même.

Le jour où Antoine lui adressa pour la première fois la parole, Jeanne lisait un roman de James Purdy, *L'Oiseau de paradis.*

Sotte comme elle l'était – elle n'avait sur ce point pas changé, reliant presque malgré elle ses émotions aux lieux dans lesquels elle se trouvait, ce qui rendait si difficile, ensuite, leur abandon, comme si les lieux, leur luminosité, leur rugosité, leurs couleurs, leur odeur, les bruits qui leur étaient attachés, leur charme, leur laideur, entraient dans son corps tout entier, à l'instar de la voix, de la bouche, de la peau d'Antoine –, la coïncidence, donc, lui avait semblé de bon augure et l'avait convaincue que l'oiseau qui se tenait devant elle était à son goût.

— Tu lis quoi ?

— Regarde toi-même.

— *L'Oiseau de paradis*. Connais pas. Et ça parle de quoi ?

— C'est une histoire d'amour. Une vieille dame, milliardaire à New York dans les années 1970, aime depuis longtemps un poète du nom d'Élie Lagrive.

— Cui cui.

— Tu veux vraiment que je te raconte ?

— Oui. Pardon.

— Pour l'espionner, elle engage un jeune Noir, Albert.

— Je vois.

— Tu vois quoi ?

— Je vois que pour l'instant tu as surtout l'air de te payer ma tête.

— Pas du tout. C'est vraiment ça, l'histoire. Tu me demandes de quoi parle ce livre, je te réponds, c'est tout.

— Si si, je vois bien que tu me prends pour un rigolo.

— Si tu as envie de le croire, je ne vais pas te détromper. Tu as envie de croire que je me moque de toi et que je te prends pour un rigolo ? Très bien. Tu es un rigolo.

— Je peux m'asseoir ?

— Si tu veux.

Il s'était penché vers elle et avait attrapé le livre, dont il avait commencé à lire les premières lignes à voix haute, avec un sérieux de premier communiant.

— « Millicent De Frayne, qui fut jeune en 1913 – l'unique propriétaire d'une immense fortune pétrolière –, dépérissait d'un mal incurable, son amour obstiné, désespéré, pour Élie Lagrive, le mime, poète et peintre d'Art nouveau qui, après avoir ruiné la vie d'hommes et de femmes innombrables, avait fini par tomber lui-même amoureux, de façon fautive, sinon coupable, de son propre arrière-petit-fils. »

Il avait levé les yeux vers elle.

— Ouais. Je sens que, toi aussi, tu vas ruiner ma vie.

— Tu sais lire l'avenir ?

— Non, mais je crois que j'aime bien être martyrisé par les filles dans ton genre.

— C'est quoi, les filles dans mon genre ?

— Le genre qui frime en buvant du vin blanc en terrasse, un livre sur les genoux, mais qui rêve de tomber dans les bras d'un gentil garçon comme moi.

— Si tu le dis.

— Et comment s'appelle la demoiselle qui va me briser le cœur ?

— Jeanne. Mais tu le sais, non ?

— Oui, je le sais.

— Pourquoi me le demander alors ?

— C'est joli, Jeanne.

— Tu veux boire quelque chose ?

— Oui. La même chose que toi.

— Et toi, comment tu t'appelles ?

— Antoine. Mais tu le sais, non ?

— Non. Je l'apprends.

Une heure et quelques verres plus tard Antoine lui proposait de rejoindre la table où ses amis les observaient en douce. Christophe avait attrapé une chaise à la table voisine et l'avait invitée à s'asseoir à côté de lui, ils ne s'étaient pas parlé depuis l'été précédent, se contentant d'un sourire quand ils se reconnaissaient en terrasse du Spoutnik ou ailleurs. Christophe ne la quittait pas des yeux, devait trouver la situation amusante, Antoine était assis tout près d'elle, parfois frôlait son bras. Puis Jeanne avait été gagnée par la panique et n'avait plus rien dit jusqu'à ce que le groupe se dispersât.

Cet après-midi-là, lui avait ensuite raconté Christophe, Antoine était venu sonner chez lui, dans la tour des Œillets, c'était la première fois qu'il mettait les pieds là-haut. Ils avaient bu quelques verres sur le balcon avant de rejoindre le centre-ville en voiture, dans la 205 Peugeot blanche de Christophe. Antoine avait décidé, si elle venait ce soir-là, d'inviter Jeanne à leur table, de lui parler, de lui proposer un cinéma, enfin non, c'était prématuré, elle risquait de le trouver grossier, comment pouvait-on être aussi bête, maladroit, il n'avait plus quinze ans, Christophe s'était moqué de lui.

Jeanne se souvenait qu'ils s'installaient tous les deux sur la banquette arrière de la Peugeot quand ils partaient en longues virées nocturnes, poussant jusqu'à l'Atlantique, la plage du phare des Baleines au bout de l'île de Ré, Christophe conduisait, Paul et Marie les suivaient dans une R5 commerciale vert amande, souvent ils finissaient la nuit sur la plage des Prises.

*

Te souviens-tu de notre premier voyage, je venais d'avoir trente ans ?

Essaie toujours.

Deux jours après notre arrivée, dans la voiture jaune que nous avions louée, nous nous sommes perdus, avons roulé pendant des heures pour retrouver la route côtière, pour finir avons échoué, affamés, dans un restaurant qui surplombait le Pacifique, la nuit tombait doucement.

Je ne me souviens pas.

Nous avons mangé une salade de pamplemousse et de melons glacés.

Je ne me souviens pas.

Tu portais une chemise blanche et rouge.

Je ne me souviens pas.

Nous avons ri de la serveuse dont les seins pointaient sous son tee-shirt vert et bleu.

Je ne me souviens pas.

Nous avons zappé une partie de la nuit, variétés, infos, publicités, films d'animations, directs, séries, drames, en boucle, puis nous sommes sortis dans le froid au lever du jour.

Je ne me souviens pas.

Dehors, il y avait de la neige. La lumière bleutée des lampadaires formait autour du lac une couronne tremblante.

Je ne me souviens pas.

Près d'un ponton verglacé, quelques embarcations statufiées, emprisonnées dans la glace. Tu étais monté dans la plus petite et t'y étais couché pour faire le mort.

Je ne me souviens pas.

Un habitant était venu vers nous, hurlant, nous insultant, le poing brandi. Nous nous sommes enfuis en riant, glissant, trébuchant, je te tenais la main.

Je ne me souviens pas.

De retour dans notre chambre nous avons fait l'amour tandis que le couple voisin hurlait et que des chiens au loin se répondaient.

Je ne me souviens pas.

Nous avons repris la voiture pour Reno.

Je ne me souviens pas.

La terre se soulevait sur notre passage en nuages blanchâtres.

Je ne me souviens pas.

Pendant tout le voyage nous avons écouté Revolver.

Je ne me souviens pas.

L'avenir

Au début, dans les semaines qui suivirent le départ d'Antoine, Jeanne se glissait dans le lit du petit et s'allongeait contre lui, remontait la couette et se laissait gagner par la chaleur de son corps fluet, reniflait ses cheveux, enfouissait son visage au creux de son cou, emplissait ses poumons de l'odeur piquante de sa sueur, murmurait son prénom, pleurait.

Jeanne était un animal.

Elle ne le faisait presque plus.

Cette nuit de l'autre côté de l'océan était une nuit comme les autres. Peut-être même était-elle un peu plus paisible. Le calme finit toujours par revenir, disait-elle.

Quand elle avait rencontré Antoine, elle travaillait depuis deux ans dans un collège de campagne, ainsi que l'avait nommé l'employée du rectorat qui l'avait appelée deux jours avant la rentrée de septembre pour l'envoyer faire, au fin fond de l'académie, son premier remplacement en qualité de fonctionnaire titulaire, soit une heure trente de voiture matin et soir sur des départementales tortueuses, noyées sous d'épaisses nappes de brouillard d'octobre à mars, ce qui n'était pas pour lui déplaire.

Parfois, après les nuits d'orage, certaines routes étaient coupées, arbres abattus, ruisseaux en crue déferlant au creux des vallons. Jeanne se souvenait de ces trajets au ralenti à travers les terres inondées, elle n'y voyait jamais personne, paysages fantômes.

*

Mardi 17 septembre

Jeanne chérie, coquinette, polissonne (oh que oui),

Je crains que tu n'aies jamais reçu de ma part semblables apitoiements. Je suis pourtant tout à fait sincère et, en définitive, pas plus cinglé que toi.

Certes, il est difficile d'échapper à quelques clichés ferroviaires, mais ceux-ci sont pleins de charme. Quelle joie de partager tout cela avec toi. Cette jubilation amoureuse, lorsque tu t'es éloignée, me laissant dans un état de veille, flotteur ravi par son trésor, surfant avec délice sur les inconsistances journalières.

Mais venons-en à ton orientation future : tu es socialiste, tu aimes l'odeur du tabac. Rends tes cuisses utiles en partant rouler des cigares à La Havane. Quant à moi, je compte te suivre et profiter de mes pouvoirs magiques en devenant sorcier vaudou.

Mille baisers impertinents.

Antoine.

*

Elle aimait ce temps suspendu pendant lequel elle écoutait la radio, reprenait pied à mesure que défilaient les panneaux des villages traversés, La Folie, La Cantinière, Bergues, Lucy-la-Fontaine, Saint-Sulpice, Colligné, Horteville, Limiac. Sur le chemin du retour, la radio, encore, apaisante, l'arrachait au chagrin des élèves qui parfois se confiaient à elle quand elle eût préféré certains jours ne rien connaître de leurs difficultés, maladie, chômage, divorce, guerres intestines, coups, alcoolisme, à l'ennui quelquefois, aux cours ratés qu'elle ruminait pendant des heures, au sentiment grandissant de son impuissance : on ne changeait le cours des choses qu'à la marge.

Elle habitait tout près de la place centrale, dans un deux-pièces mansardé dont les fenêtres étroites donnaient sur les toits de tuiles du quartier médiéval où grimpaient souvent, à la nuit tombée, passant dans les cages d'escalier, par les trappes que personne ne surveillait, par les lucarnes des greniers, des étudiants venus boire là-haut des bières, du mauvais vin, ou fumer de l'herbe à l'abri des regards, allongés sur les tuiles encore chaudes, jouissant de l'agitation puis bientôt du silence, vrombissements de moteurs, cris retentissant à la sortie des bars, des boîtes de nuit, le grondement lointain des avions survolant la ville, Jeanne avait vu le soleil se lever entre les cheminées de briques, enveloppée dans son sac de couchage, blottie contre un corps aujourd'hui oublié, pas toujours, celui de Guillaume quelquefois, goûtant l'air frais de la nuit qui piquait ses narines, peut-être même Christophe les avait-il accompagnés une ou deux fois, elle ne savait plus très bien, il y avait plus de vingt ans.

Elle n'avait jamais songé à son avenir avec ambition, ne souhaitait pas faire carrière ou, plutôt, ne voulait pas être enchaînée, de quelque manière que ce fût, ne voulait pas d'enfant. Sans doute un reliquat des conseils avinés de son père, qui ne s'épanchait que dans ces moments repus d'alcool, pleurant souvent et recomposant sa vie, énumérant ses regrets : *ne jamais rien devoir à personne, ma grande, la plupart des gens sont des esclaves, et si tu me resservais un verre ?*

Plus tard, quand elle avouerait à Antoine son découragement et lui expliquerait qu'elle entendait remettre son travail à une place plus juste, quand il s'agirait pour lui de dresser la liste de ses tares afin de la quitter le cœur léger, il lui reprocherait sa noirceur, cette manière lassante qu'elle avait de jouer les blasées, la femme revenue de tout. Lui ne voulait que s'étourdir, connaître l'exaltation d'une jeunesse perdue puis retrouvée, loin d'elle, loin de leurs enfants.

Quel autre choix me laisses-tu, Jeanne ?

Tu me mets à la porte.

Tu me demandes l'impossible.

C'était faux, bien sûr. C'était cruel et faux.

Les aspirations de Jeanne, les échecs d'Antoine, l'enterrement des promesses, la lâcheté des amis, le boulevard promis – un type comme vous n'attendra pas longtemps avant de trouver un boulot, c'est évident, vous êtes doué, la suite ressembla bien plutôt à une course d'obstacles harassante et absurde, Antoine comptant ceux d'entre ses anciennes connaissances qui avaient mis avant lui le bec hors de l'eau et n'ayant pas de mots assez durs pour condamner leur réussite –, le dégoût grandissant qu'il avait de lui-même et qui, par l'une de ces pirouettes dont il usa ensuite lorsqu'ils tentèrent à tort de s'expliquer, se retourna contre elle, enfla jusqu'à l'odieux, Jeanne devenant, donc, la coupable, l'épouse défaillante, le monstre empli de reproches qu'il ne pouvait que fuir, la fin des temps heureux et la multiplication des vacheries ordinaires, le désir qu'ils avaient l'un de l'autre, petits meurtres en sourdine, *Jeanne, ma Jeanne, tu me diras quand je deviendrai un petit con imbu de lui-même ? quand j'oublierai ce que nous devons être l'un pour l'autre ? quand je m'égarerai trop loin de toi et de nos enfants ?* les mots n'avaient plus aucun sens, Antoine bientôt ne pensa plus qu'à lui.

De l'appartement qu'elle occupait à vingt-huit ans, on voyait les toitures orangées filer en pente douce vers l'arête de la falaise au pied de laquelle serpentait la rivière qui enserrait dans ses méandres la partie la plus ancienne de la ville, forteresse et université médiévales parmi les plus anciennes du pays.

Érigée au cœur du plateau, fleuron de l'art roman vers lequel convergeaient aux beaux jours des grappes de touristes allemands, anglais et néerlandais en bobs, débardeurs et shorts, la cathédrale drainait en cours d'année une population composite mais essentiellement blanche, qui emplissait les rues piétonnes jusqu'à la fermeture des boutiques, étudiants, SDF, les premiers rejoignant désormais de plus en plus souvent les seconds, familles catholiques se pressant tous les dimanches matin sur le parvis, vestes matelassées, serre-tête, pull en V, pantacourts, ballerines, chemises pastel ou finement rayées, chaussures bateau, rasés de près, coupes de cheveux impeccables, habits interchangeables, en semaine employés, vendeurs, petits fonctionnaires, enseignants, reconnaissables quant à eux à une certaine manière de prendre la parole en public, de s'habiller, chic décontracté sacrifiant à la mode mais refusant l'ostentatoire, classe moyenne à la frontière entre deux mondes, les nuances étaient infinies et subtiles, la cathédrale, donc, merveille chrétienne dont les gargouilles noires, corps longiligne, pattes avant griffues et gueule béante, semblaient prêtes à bondir sur Jeanne quand elle ouvrait la fenêtre de la cuisine.

Elle avait bien retenu la leçon d'Antoine, qui pour elle avait commenté les vitraux, la frise, les fresques, les prophètes, Daniel, Moïse, Jérémie, Isaïe, le roi David et l'arbre de Jessé, l'Annonciation, Nabuchodonosor, dans un coin, à l'extrémité droite de la frise, deux personnages s'embrassant ou luttant, l'affrontement, peut-être, entre Jacob et l'Ange, le passage de la loi juive à la nouvelle loi chrétienne, Antoine et Jeanne sortaient ensemble depuis quelques semaines.

Combien de temps avait-elle habité là ? Cinq ans, peut-être six.

Au dos des photographies, peu nombreuses, prises à cette époque et conservées dans un ensemble de trois boîtes cartonnées noires, aucune date capable de lui donner la réponse.

Ce qui était sûr, en tout cas, c'est que pendant cette période la cathédrale avait disparu derrière des mètres carrés de toile grise et d'échafaudages, comme la plupart des bâtisses de la place, une succession de façades à colombages à l'équilibre peu sûr, de bâtiments aux portes d'entrée minuscules vous entraînant trois ou quatre marches plus bas vers des pièces semi-enterrées, obscures, humides, des bâtiments Renaissance aux pierres rongées par le sel et que la pollution avait noircis, monuments historiques sur lesquels, à tour de rôle, les artisans s'étaient escrimés, testant toutes sortes de techniques plus ou moins audacieuses dont Jeanne avait pu mesurer l'efficacité aussi bien que la beauté à mesure qu'on retirait les bâches, compresses exfiltrant le sel, mortier et béton à base de chanvre, résines résistantes, glace carbonique, la plupart de ces procédés avaient été éprouvés sur le Parlement de Bretagne avant l'incendie de 1994 que, plus tard, elle avait visité avec Antoine.

Le bruit du karcher cessait à dix-sept heures pétantes. Jeanne se souvenait des voix des ouvriers se saluant jusqu'au lendemain, du bruit de tôle des Algeco où ils se changeaient avant de regagner leur voiture. Le vent souvent faisait claquer les bâches derrière lesquelles elle se glissait la nuit, Antoine à ses trousses, ils jouaient. Antoine, bien sûr, car il fallait qu'il relevât ce défi, l'avait un soir déshabillée lorsqu'ils étaient arrivés en haut de l'échafaudage, Jeanne posant nue, les bras repliés derrière la nuque et le corps offert, devant une sculpture de la Vierge : *Viens par ici que je goûte tes seins, ma petite Jeanne, et que je te réchauffe, un peu, juste un peu, allez viens*, après quoi ils avaient pris des photos, elle frissonnait, il avait enlevé sa veste, l'avait posée sur ses épaules.

— Vous verrez, avait dit la fille du rectorat qu'elle avait appelée après avoir reçu son arrêté de nomination, c'est un tout petit collège. Trois cent cinquante élèves à tout casser, et puis ils sont gentils là-bas, vous voyez ce que je veux dire ? Pas comme les gamins du Nord ou de la région parisienne, quoi. Ou de Marseille. Là-bas, c'est la campagne. Mais vous en venez, de la banlieue parisienne, vous voyez ce que je veux dire.

Jeanne devait n'y rester que quelques semaines mais son remplacement s'était prolongé jusqu'à la fin de l'année et la suivante encore.

Antoine était au chômage depuis trois ans et Jeanne se demandait si elle aurait la force de tenir encore trente ans à ce rythme. Son travail l'épuisait.

L'expression « collège de campagne » était une manière aimable de désigner les établissements perdus au milieu des bocages dans des villes moyennes économiquement sinistrées, désertées par les petits commerçants, les cinémas, les restaurants, les librairies, les maisons de la presse, où les garçons sillonnaient les routes à mobylette des heures durant avant de rejoindre leur père au troquet du coin, où les filles attendaient le prince charmant le nez collé contre la vitre : c'était avant la vie 2.0, les réseaux sociaux, les messageries, qui les avait harponnés comme les autres, quoique ce qu'on n'appelait pas encore la fracture numérique les concernât davantage que les adolescents des zones urbaines et les ringardisât un peu plus, à leurs propres yeux, aux yeux des gamins des cités qui, comme eux pourtant, s'aventuraient peu hors de leur territoire, aux yeux de la plupart des gens en vérité, pour qui la campagne, les zones rurales, oscillaient entre images d'Épinal, no man's land et terres arriérées, destinations revigorantes pour urbains fatigués, qui s'émerveillaient de tout pour peu que l'endroit fût coquet, conforme à une certaine idée qu'ils avaient de la rusticité, de l'authenticité.

C'était là, donc, que Jeanne avait grandi.

La plupart de ses élèves n'avaient presque jamais quitté le département et ne le souhaitaient pas : un rien les effrayait. Leur offrait-on la possibilité de partir quelques jours à trente, à quarante kilomètres de là, la réponse fusait : c'était non. La ville recelait quantité de menaces, de dangers, de récits extravagants alimentés par les rumeurs, rackets, agressions en tous genres, débauche, vieillards détroussés, filles séquestrées, cambriolages sanglants. Jeanne avait beau leur expliquer que, dans la ville effrayante qu'ils décrivaient, elle habitait tout de même depuis des années, qu'elle n'y avait rien remarqué qui la rendît plus dangereuse que l'endroit où ils vivaient, rien n'y faisait : ils restaient accrochés à leur maigre portion de territoire, tremblaient à l'idée de le quitter. Et si là-bas il leur arrivait quelque chose ? Et puis leurs parents allaient tellement leur manquer. À la fin de chaque année scolaire, on comptait les défections, les décrochages, les cuites en classe, les passages dans la classe supérieure acquis à l'ancienneté.

Plus tard, lorsqu'elle eut devant elle des élèves plus âgés, la réponse n'avait guère changé, même s'il convenait de nuancer leurs prédispositions à s'aventurer hors de leur univers familier : plus que d'autres, en effet, certaines filières semblaient épouser ce repli sur soi. Les unes recrutaient des élèves que l'abandon du domicile familial n'effrayaient pas – beaucoup n'attendaient même que ça – quand les autres redoutaient le bouleversement de leurs habitudes, se voyaient revenir tous les week-ends chez leurs parents, accompagnés de leur petit ami, de leur amoureuse du moment, ils étaient alors en première, en terminale.

Des vieux, pensait Jeanne, des vieux de dix-sept ans.

Ils imaginaient la poussette flambant neuve achetée par leurs parents, où dormirait bientôt leur premier enfant, une Graco ou une McLaren, c'était plus cher mais plus chic et plus solide, la première voiture achetée à crédit puis la maison en lotissement, leur vie déjà sur les rails, pour ceux d'entre eux qui en avaient les moyens car beaucoup n'attendaient rien.

Quand Jeanne leur demandait incrédule s'ils étaient heureux de ce choix, s'ils ne prenaient pas le risque de s'exposer plus tard aux regrets, s'ils n'avaient pas l'impression de précipiter les choses, quand elle laissait entendre qu'ils étaient jeunes, très jeunes, et que, peut-être, ils avaient encore assez de temps devant eux pour fonder une famille, laquelle impliquait certains renoncements, des sacrifices dont ils devaient tenir compte, ils lui répondaient d'une voix tranquille où pointait une incrédulité tout aussi grande que la sienne, quelles drôles de questions tout de même, qu'ils balayaient sans hésitation ni hostilité, considérant sans doute, après tout, qu'elle n'entendait rien à la vie, à l'idée qu'ils se faisaient du bonheur, en conséquence de quoi, lors des réunions parents-professeurs organisées tous les ans dans son lycée à la fin du premier trimestre, Jeanne avait l'habitude d'accueillir depuis quelque temps des parents d'élèves qui avaient peu ou prou le même âge qu'elle et dont la progéniture s'apprêtait à passer le bac quand la sienne intégrait à peine l'école primaire, dormait encore avec son vieil ours en peluche, dessinait des dragons, des chevaliers à la chaîne, jouait aux Lego.

L'année précédente, tandis que, cloîtrée chez elle depuis plusieurs semaines, incapable de poser un pied sur le sol sans avoir l'impression d'être engloutie, elle enchaînait les séries commandées sur Amazon, Jeanne avait pleuré quand on avait tué Wallace, un des gamins qu'on voyait dans la série de David Simon et Ed Burns, *The Wire.*

Désastre chimique.

Désordre de la pensée.

Perturbation des neurotransmetteurs.

Nuits blanches et froides.

Boire et enchaîner les séries.

Sans famille, à l'exception d'une grand-mère qu'il n'a pas vue depuis des années, Wallace vivait dans des squats et veillait sur des enfants plus jeunes que lui, qu'il envoyait à l'école chaque matin, donnant à chacun de quoi grignoter, des friandises, des chips, ce qu'il avait réussi à leur acheter avec le peu d'argent dont il disposait. Dans la journée, il fourguait les doses d'un couple de caïds, deux amis d'enfance qui régnaient sur les tours du quartier ouest de Baltimore.

C'était à la fin de la première saison. La série en comptait cinq. Jeanne les avait toutes regardées, en avait vu d'autres, de neuf heures à seize heures, quand les enfants étaient à l'école.

— Excellente thérapie, lui avait dit le médecin en lui tendant son ordonnance. Benzodiazépines et paroxétine, 40 mg, avant de passer à quelque chose de plus costaud si nécessaire. Comptez trois semaines pour commencer à ressentir les premiers effets avec, dans l'intervalle, de possibles effets secondaires. Nausées, vertiges, engourdissement des membres, décharges électriques dans le cerveau. Possibles mais pas obligatoires, il ne faut pas vous inquiéter. En attendant, occupez-vous l'esprit. Quoi que vous fassiez, ce sera bien. *The Wire*, c'est parfait.

— Vous connaissez ?

— Non, mais c'est très bien.

McNulty, Bunk, Wee Bey, D'Angelo, Freamon, Daniels, Greggs, Burrell, Brother Mouzone, Proposition Joe, Marlo, Carver, Stringer, Royce, Omar, Sobotka, Bubbles, Rawls, Pearlman, Snoop, Pryzbylewski, Carcetti, pilules de l'oubli.

Sentant le vent tourner, la police sur le dos, Barksdale et Stringer Bell, les deux truands, avaient commencé à éliminer tous ceux qui étaient susceptibles de se dégonfler si la police les embarquait et les interrogeait. Wallace faisait partie du lot. Délicat, sensible et ne le cachant pas, hanté par la cruauté d'un meurtre dont il avait été l'instigateur plus ou moins volontaire, tenté par une vie plus paisible, sinon loin de Baltimore du moins à l'écart des trafics, il n'était plus, comme ils disaient, un soldat, mais un lâche doublé d'une menace : Stringer demanda à Bodie de le tuer. Au terme d'un interrogatoire durant lequel il avoua ce qu'il savait, les flics avaient donc décidé, puisqu'il devait témoigner au tribunal, de l'éloigner quelque temps et de l'envoyer sur la côte où habitait sa grand-mère.

Wallace découvrit chez elle la nature, du moins quelque chose qui ne ressemblait pas aux tours de brique rouge, aux terrains vagues, aux coins de rue où il passait le plus clair de son temps pour fourguer avec ses copains la drogue de Barksdale et Stringer. Incapable de supporter les bruits de la campagne, le chant des oiseaux, le vent dans les arbres, la tranquillité inhabituelle d'un lieu devenu très vite, pour lui, synonyme d'ennui en même temps que source d'inquiétude, Jeanne riait de ses frayeurs, se souvenait de ses premières incursions en ville, seule, c'était à Paris, elle avait quinze ans. Wallace finit par s'enfuir et revint plus vite que prévu à Baltimore, sans prévenir la police, où finalement Bodie, accompagné d'un copain de Wallace, le retrouva et le tua, presque à regret, un coup chacun tiré avec le même pistolet, c'était le prix à payer pour gagner ses galons auprès de Stringer, de Barksdale, pour survivre.

Des tours de Baltimore aux bocages de l'Ouest français, même prison. Partir n'était pas simple, quelquefois même impossible. Avec Antoine, Jeanne avait cessé d'être un individu secondaire. Depuis qu'il était parti, entamant loin d'elle et de leurs enfants une vie sans entrave, elle ne pouvait s'empêcher de penser qu'il l'avait roulée dans la farine.

*

Je ne pensais pas redouter chacun de tes retours.

Tu ne me désires plus.

Je ne pensais pas t'inspirer un jour du dégoût.

Tu me regardes sans joie.

Je ne pensais pas que ton corps endormi nourrirait de telles colères.

Je ne pensais pas que notre lit m'inspirerait de la crainte.

Ta main sur mon épaule avant de t'endormir à ton tour, inopportune.

Nos nuits pleines de larmes et de gestes éperdus.

Nos mains entremêlées.

Nos doigts courant à la surface de nos corps, morts.

Je me souviens de l'herbe jaunie d'une prairie où nous avions fait l'amour.

Je ne sais pas de quoi tu parles.

Parfois l'odeur de cette prairie me saisit, et le picotement de l'herbe sèche dans mon dos, que tu avais frotté quand nous nous étions relevés pour enlever les brindilles collées sur ma peau.

Où était-ce ?

Nous nous promenions au milieu des rochers. Le vent glacé giflait nos joues rougies. Au loin le soleil trouait les nuages et jetait sur la mer des éclats dorés.

Nous avons fait si souvent cette promenade.

Tu voulais me montrer cet endroit : c'est là que j'ai grandi, disais-tu.

Une plage de sable fin prise en étau entre deux falaises de grès rose.

Des après-midi entiers passés à jouer dans les rochers.

La mer montait.

Je m'y cachais, fouillais les trous d'eau à la recherche de crevettes, de gobies, m'allongeais sur les rochers chauffés par le soleil, regardais filer les nuages, je restais des heures et personne ne me demandait rien.

L'eau s'engouffrait dans les ravines.

L'amour au-dessus du vide

Le premier voyage qu'elle avait fait aux États-Unis la renvoyait à une période ancienne, lointaine, celle d'avant Antoine, une période qu'il n'avait pas hantée. Elle y pensait depuis des mois. Elle venait d'avoir vingt-cinq ans et le World Trade Center était encore debout.

Elle se souvenait, croyait se souvenir, d'une voix féminine enchaînant veloutée, imperturbable, les annonces, une voix de cinéma. Son avion décollait dans un peu moins de deux heures terminal 2A porte 31. La joue contre la vitre froide de la salle d'embarquement où se déversaient des grappes de touristes fébriles, des Américains reconnaissables à leur chapeau et leurs bottes de cow-boy – le rêve à l'époque prenait donc la forme d'un cliché de cinéma et Jeanne s'y prêtait volontiers, imaginant que l'un d'eux se tournait vers elle et lui offrait le visage de Marlon Brando dans *La Vengeance aux deux visages* ou de John Wayne dans *Rio Bravo*, le seul western, s'était-elle dit, dont ses parents avaient retenu le titre car il était rediffusé tous les ans pendant les vacances de Noël, *Rio Bravo* avec John Wayne ? demandait invariablement son père, qui préférait *La Grande Vadrouille* et en connaissait par cœur les dialogues –, elle observait en contrebas les allées et venues des chariots gonflés de valises qu'orientait le personnel au sol. Deux longs courriers en provenance de Bogota et de Hong Kong venaient d'atterrir et déjà obliquaient vers un autre terminal.

*

24 décembre

Jeanne, ma Jeanne,

Je t'écris ce petit mot de rien, que j'espère pouvoir poster aujourd'hui.

39,5°. Je l'ai eue, cette saleté de grippe. Assez méchante, tout de même. Je vais ainsi pouvoir sécher la messe de Minuit. Quel dommage. Au programme cette année : mimes, trompettes, violon, etc. Tout ce que j'aime.

Petit machin tu me manques, et je me raisonne en me disant que ma présence ne serait pas opportune, puisque je suis contagieux. Mille baisers.

Sais-tu qu'à Nantes, depuis ce matin, il neige ! Je te serre contre moi.

Antoine.

*

Par un curieux concours de circonstances elle retrouverait là-bas Guillaume, dont elle avait eu, dans les trois ou quatre années qui suivirent l'obtention de leur diplôme, des nouvelles épisodiques et tristes, puis il avait disparu.

Assise à l'extrémité de la banquette en métal qui s'étirait d'un bout à l'autre de la baie vitrée par où s'engouffrait depuis quelques minutes un soleil blanc éblouissant, son sac en tissu fleuri sur les genoux, Jeanne se rappelait leurs premières conversations, d'abord timides, étonnées, puis enflammées, exaltées. Ils venaient d'entrer en première et bientôt n'écoutèrent et ne virent plus qu'eux dans le hall de briques rouges du lycée puis Au Petit Chalet, un bar miteux du centre-ville décoré de lambris vernissés où ils venaient boire des kirs et de la blanche entre midi et deux, parfois pendant les cours, y prenant un plaisir d'autant plus grand qu'ils se savaient enviés, jalousés, comme le sont presque toujours les bons élèves irrévérencieux.

Ils avaient seize ans et venaient de découvrir Rimbaud, Rilke, dont ils avaient volé presque tous les livres au CDI du lycée, ceux de Lautréamont aussi. Ils lisaient à voix haute les lettres de Rilke, avec ferveur, dans la salle humide du Petit Chalet qui sentait la bière et le tabac froid, écoute celle-là et puis cette autre, assis à côté d'elle Guillaume parfois la serrait dans ses bras jusqu'à lui faire mal, enfouissait son visage dans son cou comme pour dissimuler des larmes qu'elle n'avait jamais vues, Jeanne se souvenant de son professeur de philosophie glissant à sa mère à l'occasion de la réunion parents-professeurs des classes terminales que sa fille, un jour, écrirait des livres, il en était sûr, il n'aurait su dire pourquoi, il n'était pas devin, mais il y avait en elle quelque chose de singulier, d'assez rare pour être remarqué, encouragé, il n'en avait pas fallu davantage à Jeanne pour lui vouer une reconnaissance que le temps n'avait pas entamée.

Qu'il eût, dans ce qu'il imaginait de son avenir, tort ou raison importait peu.

Combien de fois avait-elle voulu le lui dire, le lui écrire, y renonçant au dernier moment par peur du ridicule mais aussi parce qu'elle ne savait pas elle-même ce qu'il convenait de dire à quelqu'un qui, en un sens, lui avait sauvé la vie, comme d'autres après elle, comme Antoine, elle n'était pas certaine qu'il n'y eût pas dans cet aveu reconnaissant, dans l'expression enfin avouée d'une dette, la transmission d'un poids trop lourd.

Guillaume et Jeanne s'étaient laissé flatter, oui, ce n'était pas glorieux, mais leur passé respectif les y autorisait, se disait Jeanne : on leur avait donné, là où ils avaient grandi, si peu de grâce et de beauté, et c'était cela, sans doute, qui les avait un temps réunis.

Après leurs études, Guillaume avait vécu en Italie quelque temps, disait-on, près de Florence, puis à Lisbonne, où il avait partagé la vie d'un peintre, ou d'un musicien, s'était fait chanteur à Porto et fleuriste à Paris dans le quartier Saint-Michel, avait été très malade, une infection contractée lors d'un voyage en Asie, une saloperie bactérienne, un ver qui lui avait bouffé les intestins, en vérité personne n'en savait rien. Jeanne avait souvent pensé que Guillaume était mort d'une maladie foudroyante, dans la fleur de l'âge, fauché, quelque chose de rare et de spectaculaire, d'exotique, en quoi elle se rendait compte, tandis que dans la salle d'embarquement les souvenirs affluaient, combien cette idée morbide, complaisamment morbide, n'était que la poursuite logique de leurs élucubrations d'alors : mourir écrasé par un bus eût été ridicule et après trente ans indécent.

Comme beaucoup d'autres, Jeanne avait aimé ce garçon gracieux, fluet, dont les propos les plus extravagants, les plus provocateurs, passaient souvent pour des remarques ingénues, poussées d'une voix douce, un peu efféminée, impropres à éveiller la méfiance ou l'inquiétude. Elle s'était souvent demandé, longtemps, même après avoir rencontré Antoine que ces manières laissaient indifférent, ce qui avait nourri la fascination que Guillaume avait exercée sur la plupart de ceux qui l'avaient approché lorsqu'ils étaient au lycée puis, plus tard, à l'université.

S'ils avaient passé ensemble une grande partie de leur temps libre au tout début de leur année de première, d'autres élèves ensuite s'étaient agrégés à eux, une quinzaine, et, au sein de ce petit groupe puis à l'université où de nouveaux encore étaient arrivés, chacun avait entretenu avec Guillaume une liaison plus ou moins longue, sérieuse, Jeanne comme les autres, filles et garçons confondus, Guillaume disant qu'il fallait tout vivre, tout goûter. Dans ce domaine, il était plus aventureux qu'elle, qui souffrait de ses éparpillements et enrageait de constater combien, quoiqu'elle s'en défendît avec force, elle était jalouse de tous ceux avec qui il avait couché.

Il allait vivre chez l'une quelque temps, s'installait chez un autre plusieurs jours, allait dormir une nuit chez l'un et la suivante chez une autre, puis fourrait un matin ses vêtements dans son sac et ne donnait pas signe de vie pendant des semaines, revenait, se plaignait de dettes, demandait de l'argent aux uns, aux autres, disait qu'il était allé retrouver son père en région parisienne, avait rendu visite à un ami ailleurs, souvent au Portugal, ce qui était faux du moins pour ce qui concernait son père, ainsi que Jeanne l'avait compris lorsque Guillaume avait été transporté en urgence à l'hôpital pour une crise d'asthme plus sévère que les précédentes. Alerté par l'hôpital qui avait trouvé dans son sac son carnet d'adresses, son père était venu le voir le jour même, avait croisé Jeanne dans le couloir qui menait à sa chambre et, d'une voix guillerette qu'autorisait désormais l'état de santé de Guillaume, tiré d'affaire, l'avait invitée à lui rendre visite à une cinquantaine de kilomètres de là :

— Je suis toujours ravi de rencontrer les amies de mon fils, surtout si elles sont aussi ravissantes que vous. La région parisienne ? Quelle drôle d'idée ! Je n'y ai mis les pieds qu'une seule fois, pour un mariage, et pour rien au monde je n'y reviendrais, plutôt crever. Guillaume vous aura encore menti. Mon fils est un cas, vous savez, et vous n'êtes pas la première qu'il aura embobinée.

À Jeanne, qui lui avait avoué au téléphone avoir peur de prendre l'avion, Guillaume avait conseillé de fumer un pétard avant de s'envoyer en l'air et de vider les mignonnettes que lui donneraient les hôtesses, ce qu'elle avait fait. Ce fut donc passablement ivre qu'elle avait senti l'avion amorcer sa descente vers l'aéroport de Newark et vu se dessiner les quadrillages de la ville en contrebas, incapable, et elle en fut mortifiée, de distinguer Manhattan de Brooklyn, Brooklyn du Bronx, le

Bronx du Queens, malgré les plans et les cartes qu'elle avait consultés des dizaines de fois avant de partir. Quant à l'Hudson, elle l'avait oublié et ne le vit donc pas, comme elle ne vit pas davantage la statue de la Liberté autour de laquelle, pourtant, l'avion dessinait des cercles vastes et lents en attendant l'atterrissage.

Elle avait envie de vomir.

Une chaleur suffocante l'avait saisie lorsqu'elle s'était retrouvée à l'air libre, tenant dans la main gauche son sac à fleurs et dans la droite sa valise en cuir marron dont la poignée trop fine lui faisait mal aux doigts. Elle devait prendre elle ne savait plus quel train ou métro jusqu'à Grand Central mais avait préféré monter dans le premier taxi, une vieille guimbarde jaune aux portières cabossées qui empestait le tabac froid. Quarante minutes plus tard, se sentant un peu mieux – le chauffeur de taxi avait conduit les vitres grandes ouvertes en écoutant de la salsa –, gagnée de nouveau par l'excitation – n'était-elle pas à New York ? –, elle entrait dans le lobby sombre mais frais où attendait un grand Noir baraqué en costume gris, *Welcome miss*, qui l'avait accompagnée jusqu'à l'ascenseur sans se départir de ce que Jeanne avait pris pour un sourire moqueur, ou plutôt condescendant, qu'il lui avait réservé tout au long de son séjour à New York, qu'elle avait quitté sans dire au revoir à Guillaume : l'histoire était bouclée.

Guillaume habitait dans l'Upper West Side, à un bloc de Harlem, au dernier étage d'un immeuble de briques rouges sur le toit duquel il s'était avéré qu'il passait le plus clair de son temps, écrasé en plein soleil sur un matelas bleu ciel, fumant Camel sur Camel et buvant des Budweiser qu'il jetait négligemment au pied des conduits de cheminée.

La veille de son arrivée, lui avait raconté Guillaume en l'accueillant dans un gloussement gêné, une fusillade avait éclaté en bas de l'immeuble. Peut-être avait-elle vu les traces de sang sur le trottoir d'en face. Les flics avaient bouclé la rue une partie de la nuit, le grand cirque, les sirènes, les flingues sur l'estomac, la radio qui gueulait dans les voitures, avait continué Guillaume, Jeanne avait remarqué ses cernes bleus et sa peau brûlée par le soleil, lui n'avait rien vu, il était à Brooklyn chez un copain, si elle voulait ils iraient le voir, un type sympa, qui composait des chansons, c'était Luis qui avait vu les flics embarquer les types, des Noirs, et puis les corps, deux gamins, pas plus de vingt ans.

— Hé hé ! Bienvenue en Amérique, ma Jeannette.

Il l'avait embrassée sur la joue, blotti son visage sur son épaule.

— Tu vois, j'ai pas oublié nos petites habitudes.

L'appartement était en désordre et sentait le renfermé, la transpiration. Des traînées blanchâtres zébraient les vitres sur lesquelles, sans doute pour se protéger du soleil, on avait scotché des feuilles de papier journal, des vieux numéros du New York Times. Sur une petite étagère en bambou quelques livres étaient empilés, au milieu desquels Jeanne avait cru reconnaître certains de ceux qu'ils avaient volés.

Guillaume avait expliqué qu'il vivait là depuis bientôt deux ans, avec un Espagnol, un fils de diplomate, un fils à papa, jugeait-il bon de préciser, qu'elle ne verrait sans doute pas puisqu'il était parti la veille à Chicago pour une quinzaine de jours, un voyage d'affaires.

— C'est ton ami ?

— Ouais, si tu veux, ouais, mon ami. Disons qu'il est surtout le propriétaire de cet appartement. Je fais rien ici, tu sais, je veux dire rien de normal, les trucs bien rangés, travailler, gagner du fric, tout ça. J'arrive pas à m'y faire.

— Comment tu fais alors ?

— Je me débrouille. Comme tout le monde, non ? Tu te débrouilles pas, toi ? Bon, t'es quand même pas venue jusqu'ici pour savoir comment je gagne ma vie, si je suis un honnête garçon, ce genre de conneries. Tu veux une bière ? J'ai que ça à te proposer, de toute façon. Si tu veux autre chose, il faudra qu'on sorte.

Guillaume avait disparu dans la cuisine et en était ressorti avec deux Budweiser avant d'entraîner Jeanne sur le toit.

— Je suis content de te voir, tu sais. Tu es la première à me rendre visite depuis que je suis arrivé ici. En même temps, je compte pas y faire de vieux os. Les États-Unis, c'est quand même un pays de vieux cons racistes et zigouilleurs d'Indiens.

Ils étaient restés là-haut une partie de la nuit. La nuit venait sans chasser la chaleur. Allongé sur son matelas, Guillaume se levait de temps en temps, descendait chercher des bières ou de la nourriture, soit des donuts et des bretzels, qui semblaient composer l'essentiel de son alimentation. Jeanne se laissait faire, se perdait dans la contemplation de la ville scintillant, bercée par la rumeur de la rue. À l'angle de la 119e rue et de Frederick Douglass Boulevard, de part et d'autre de la devanture plutôt miteuse du Target, montaient régulièrement des cris. Les jeunes Noirs du quartier se donnaient rendez-vous là, trafiquaient Dieu sait quoi, fumaient assis sur le trottoir, écoutaient de la musique, personne ne semblait faire attention à eux. Couchée sur le ventre, la tête entre les mains, Jeanne s'était amusée à suivre leur manège, en avait repérés trois, deux gringalets et un troisième plutôt baraqué, jean, baskets bleu ciel et blouson en skaï orange, dont la venue à chaque fois suscitait la même excitation. Aimantés, les plus jeunes s'agglutinaient autour du plus costaud puis s'égayaient, balayés par les grands, quelquefois une mère surgissait et repartait en criant, traînant un petit par la main. C'était là que la fusillade avait éclaté la veille, devant l'entrée du Target qui venait de fermer.

Jeanne avait quitté Guillaume vers quatre heures du matin avec, autour du cou, le foulard de soie violet qu'il lui avait donné sur le palier après l'avoir embrassée sur la bouche, son odeur l'avait indisposée.

Ils s'étaient vus presque tous les jours. Quoiqu'elle le lui eût proposé à plusieurs reprises, par envie mais aussi parce que, peut-être, elle aurait aimé qu'il lui montrât la ville sous un jour moins convenu, Guillaume avait refusé de l'accompagner, prétextant travail ou rendez-vous dont Jeanne ne sut jamais rien. Elle sillonnait donc seule Manhattan et débarquait chez lui le soir, épuisée mais ravie, étourdie de visions et d'histoires, auxquelles Guillaume faisait mine de s'intéresser quelques minutes avant de l'entraîner sur le toit pour baiser, puisqu'il avait réussi le deuxième soir à la convaincre de s'envoyer en l'air au bord du vide :

— Tu préfères pas plutôt faire des cochonneries sur les toits ? C'est quand même plus marrant que de jouer les guides touristiques pour ton vieux copain Guillaume, non ?

Ils n'étaient sortis qu'une seule fois de l'appartement, et c'était pour aller au Village Vanguard, à quelques blocs de son hôtel. La veille, elle avait voulu tenter sa chance, McCoy Tyner jouait avec Elvin Jones et Reggie Workman mais la salle était bondée, surchauffée, le bruit l'avait intimidée, elle avait tourné les talons, arpenté les rues tièdes une heure ou deux puis était rentrée à l'hôtel, sa chambre lui avait soudain paru minable, mille dollars pour une dizaine de jours soit presque toute sa paye, gagnée en jouant les secrétaires chez un prothésiste dentaire qui, à la fin de son remplacement, alors qu'elle rangeait la machine à écrire dans sa housse, lui avait collé une main aux fesses en lui tendant son chèque :

— Tu es bien mignonne pour une secrétaire.

Le Village Vanguard était devenu pour eux, avec le Blue Note et le Birdland, un rêve ordinaire : ils iraient, comme ils iraient à San Francisco, à Tanger, à Prague, à Budapest, à Saint-Pétersbourg. Combien de fois avaient-ils écouté le disque que Coltrane avait enregistré là-bas, Guillaume, qui apprenait alors l'alto, s'essayant avec difficulté à la grille de *Softly as in a morning sunrise* ! Elvin Jones, McCoy Tyner, Workman. Ils iraient. Aussi, quand Guillaume avait enfin consenti à sortir pour venir au club avec elle, Jeanne lui avait-elle sauté au cou.

McCoy Tyner et Workman étaient encore à l'affiche. Jeanne comme souvent y avait vu un signe joyeux, l'accomplissement d'une de leurs multiples promesses. Ils étaient arrivés assez tôt pour avoir des places correctes, pas trop éloignées de la scène, mais, tandis que, les yeux rivés sur les musiciens qui s'installaient en habitués, saluaient d'un hochement de tête ou d'un sourire quelques connaissances, dévorant l'endroit enfumé, non plus effrayée comme la première fois par le bruit des voix ou l'exiguïté du lieu mais au contraire rassérénée, émue, Jeanne jubilait, Guillaume, lui, semblait absent, n'écoutait pas ou très peu, s'était même levé quand McCoy Tyner avait plaqué les premiers accords de *My favorite things* pour ne revenir qu'une vingtaine de minutes plus tard et reprendre sa place sans un mot. Le premier set terminé, Guillaume avait voulu rentrer, Jeanne n'était pas parvenue à le retenir et était restée seule. Elle avait eu envie de pleurer, cependant s'était abstenue.

À la reprise, un type était venu s'asseoir à la place de Guillaume. Il avait engagé la conversation au deuxième morceau, quand Jones entamait son solo, chuintement de balais et petits coups de baguettes sur les cymbales qui firent à Jeanne l'effet d'une caresse.

Le départ grossier de Guillaume n'était pas parvenu à gommer les frissons qui couraient sur ses bras : ce fut le moment qu'avait choisi son voisin pour poser devant elle une vodka frappée puis ses doigts sur les siens. Il l'avait embrassée à la fin du morceau, avait glissé une main entre ses cuisses, l'avait remontée jusqu'à l'élastique de la culotte, elle s'était laissé faire : l'affront de Guillaume était lavé. Elle s'était amusée de cette pensée et avait rendu au type son baiser. Il était plutôt séduisant du moins à ce qu'il lui avait semblé dans la pénombre de la salle : la quarantaine, voix grave et chemise noire, des cheveux bruns décoiffés, des doigts fins et frais.

Le concert terminé, il l'avait entraînée dans une boîte près de Washington Square où dansait, seule au milieu de la piste, une blonde en robe satinée rouge vers laquelle le type s'était dirigé d'un pas sûr. Quand la musique s'était arrêtée, la fille les avait rejoints au bar, Jenny, ils avaient fini la nuit chez lui.

Lorsqu'elle s'était réveillée le lendemain, Jeanne était seule dans l'appartement du type, n'était d'ailleurs pas certaine que ce fût le sien. Elle savait à peine où elle se trouvait, encore moins comment ils étaient rentrés. La seule chose dont elle était sûre, c'était que le type habitait à Brooklyn. Elle se rappelait la masse noire du pont au-dessus de leurs têtes lorsqu'ils étaient sortis de la voiture et s'étaient engagés dans la rue où se trouvait son immeuble, qu'elle avait pris pour celui de Guillaume, mêmes briques sombres, même lobby clair au sol et carrelé de rose sur les murs, le portier et l'ascenseur en moins, il habitait au dernier étage.

Il était près de midi lorsque le type était revenu, accompagné de Jenny, elle les avait à peine reconnus. Il l'avait saluée d'un sourire doux, s'était approché d'elle et lui avait passé une main dans les cheveux, lui avait demandé si elle avait faim.

Ils étaient sortis aussitôt, avaient marché une vingtaine de minutes vers Williamsburg d'un pas lent, le type devant, Jeanne et Jenny derrière, qui sautillait sur les trottoirs défoncés dans des sandales en plastique jaune citron. Le restaurant, un italien, était coincé entre deux immeubles jumeaux couverts de graffitis. D'un mur à l'autre on avait suspendu une épaisse toile rouge, défraîchie par le temps. Ils s'étaient installés en plein soleil, leurs chaises tournées vers les tours de Manhattan, mangées par des brumes de chaleur. Le patron leur avait apporté une carafe d'eau fraîche et un bol empli de petites olives noires luisantes, avait embrassé Jenny sur la joue, salué Jeanne d'un hochement de tête.

Elle les avait quittés vers quinze heures, avait pris le métro jusqu'à Washington Square. Elle partait le lendemain, avait passé ses dernières heures à New York allongée sur le lit de sa chambre d'hôtel. Elle s'était rendue seule à Newark, peu surprise que Guillaume ne l'eût pas rappelée pour l'accompagner à l'aéroport ainsi qu'il le lui avait promis. Sa valise et son sac à fleurs posés à côté d'elle, dans la salle d'embarquement illuminée par le disque rosé du soleil qui déclinait derrière les pistes, elle rêvassait. Un vieux couple était venu s'asseoir à côté d'elle. Elle s'était demandé si elle vieillirait un jour aux côtés d'un homme, d'un chien, d'une femme, si la solitude pouvait être gaie.

Le sentiment d'irréalité éprouvé à sa sortie de l'aéroport ne l'avait pas quittée et même s'était accru, enveloppe cotonneuse, aigre-douce, l'excitation du voyage cédant la place lorsqu'elle retrouvait Guillaume sur le toit ou dans le désordre de son salon crasseux à une sorte de familiarité étrange où pointait un peu de tristesse, de nostalgie aussi. Déjà, s'étonnait-elle. Tendant son passeport et son billet à l'hôtesse de British Airways dont elle remarqua à peine le sourire mécanique, elle s'était souvenue du corps fatigué de Guillaume, dont l'attitude à son égard avait été marquée, à chacune de leurs rencontres et quoiqu'il l'eût assurée plusieurs fois du plaisir qu'il prenait à la retrouver là, si loin de leur petite ville, d'une hostilité sourde, un peu humiliante, qu'elle n'expliquait pas, pensant : *avons-nous tant changé ?*

Elle avait rejoint sa place près du hublot, collé son nez contre la vitre froide. Quand l'avion avait décollé, elle avait reconnu cette fois Manhattan, Brooklyn, le Bronx, l'East River et l'Hudson puis, de plus en plus petite, la statue de la Liberté.

*

Et puis j'ai commencé à traverser la ville, imaginant que tu l'avais quittée pour toujours, que tu t'étais enfui pour ne plus revenir.

Ce jeu t'a-t-il plu ?

Oui. Alors j'ai continué à jouer, de plus en plus souvent.

Que s'est-il passé ?

Tu es devenu invisible, ou indésirable. En tout cas j'ai goûté ton absence.

Mon corps, ma voix, ma peau.

Ton corps, ta voix, ta peau.

Les rues étaient vides de toi. Les lieux que nous avions aimés, ceux dans lesquels nous nous étions aimés, se sont ouverts aux quatre vents.

Tu jouissais de ma disparition, t'en repaissais.

Quelque chose d'autre encore s'est produit.

De quoi veux-tu parler ?

Je parle de magie.

La magie vit et meurt dans l'esprit de celui qui voit, touche, respire, rien de plus.

Je te parle d'amour.

Ce que j'aimais entendre, le timbre de ta voix à nulle autre pareille, ce que j'aimais voir, tes mains qui s'agitaient autour de ton visage ou ton corps lourd endormi à côté du mien, ton corps que j'embrassais souvent à ton insu, ce que j'aimais, donc, s'est envolé.

Corps, voix, mains sales.

Le charme était rompu.

Oui.

Combien de temps cela a-t-il duré ?

Je ne sais pas. Un jour, j'ai su que c'était la fin et que nous étions morts.

Mais de quoi parles-tu ?

Une douleur chasse l'autre.

Frappe-moi.

Tandis que j'embrassais ton corps, ton sexe, ta bouche, tes yeux, je faisais naître en moi d'autres visages.

Sous les serpents

Lorsqu'elle était enfant, elle reculait jusqu'à la dernière minute le moment où il fallait quitter le lit pour, le haut du visage émergeant du fatras des couvertures, emplir ses poumons de l'odeur de terre mouillée qui montait par la cage d'escalier puis entrait dans sa chambre dont la porte était toujours grande ouverte : ça la rassurait de savoir qu'on pourrait l'entendre si elle appelait au secours, il n'était pas si simple d'oublier le récit que lui faisait son père de la vie tourmentée des premiers occupants de la maison auxquels ils l'avaient achetée quinze ans plus tôt, il était doué pour lui flanquer la frousse.

Bien que Jeanne ne crût pas aux fantômes, en Dieu ou en quelque autre puissance surnaturelle – fadaises de bigots, disait son père que les curés insupportaient –, du moins l'affirmait-elle pour ne pas avoir l'air à ses yeux d'une imbécile ou d'une trouillarde, elle n'en avait pas moins vu l'ombre des anciens propriétaires errer sur les murs, une caresse, la caresse d'habitants endeuillés incapables d'abandonner les lieux qui avaient pourtant fait leur malheur – et, considérant ce qu'elle avait vu, elle n'avait pas résisté à l'envie déraisonnable, inconséquente, de leur faire des offrandes ainsi qu'elle l'avait lu dans un livre à l'école, consoler les vivants et apaiser les morts, des présents modestes, inquiets, toutes sortes de présents, des dessins, des friandises, le foulard rouge et noir que lui avait offert sa sœur peu avant sa disparition, un bracelet de perles de verre multicolores, un petit pot de terre cuite sur lequel elle avait peint à la gouache le visage d'une fillette, des bijoux, bague, chaîne, parmi ceux trouvés dans l'un des nombreux placards de la maison, offrandes les unes après les autres déposées dans l'anfractuosité du mur nord de sa chambre, entre la table de chevet et l'armoire, accompagnées d'une prière murmurée à genoux et mains jointes, *Je vous souhaite de trouver un jour la paix mais s'il vous plaît ne nous faites pas de mal,* Jeanne songeant qu'ils se consoleraient peut-être ainsi de la mort prématurée de leur unique enfant et finiraient par la laisser tranquille, sa mère plus tard lui avait demandé si c'était elle qui fourrait là-dedans tous ces trucs :

— Quand même, c'est dégoûtant, t'as pensé aux souris ? Dire que je passe mon temps à mettre de la mort-aux-rats partout dans la maison. Et puis les bijoux, non, Jeanne. Je ne veux pas que tu joues avec. Ce sont des bijoux de famille, chérie, pas des grigris ou je ne sais quoi d'autre.

Quand elle se réveillait en pleine nuit, Jeanne pensait que si elle criait sa mère viendrait la consoler mais en réalité celle-ci ne l'entendait jamais : sa chambre était trop loin. Il fallait pour l'atteindre marcher de longues minutes dans l'obscurité, traverser une enfilade de pièces peuplées de masses informes qu'elle avait appris à éviter, à contourner du bout des doigts pour ne pas se cogner, monstres tapis dans l'immensité silencieuse et hostile de la maison, elle ne voulait pas allumer la lumière, ce qui était une drôle d'idée car de cette façon elle aurait dissipé sa peur mais elle ne voulait pas être éblouie, tu es un petit chat, disait son père en grossissant sa voix, un chaton dans la nuit noire, brrrr.

La chambre de ses parents était la pièce la plus froide de la maison, et le parquet sombre, presque noir, y luisait comme la peau d'un serpent. Jeanne avait donc souvent renoncé à cette équipée nocturne tant sa peur était grande : faire tout ce chemin, traverser un territoire inamical et hanté, pousser la porte de leur chambre, y sentir l'odeur écœurante du sommeil et voir émerger de la blancheur des draps le visage hagard de sa mère roulant des yeux affolés, une sorcière, se disait Jeanne, maman est une sorcière, mieux valait rester dans le lit plutôt que d'affronter l'obscurité du couloir, le sifflement des courants d'air, le bruit de sa propre respiration, le plancher vivant de leur chambre et le reste, qu'elle n'avait fait qu'entrevoir : qui la suivait dans le couloir ? qui faisait cliqueter ses ongles sur la rampe de l'escalier ? qui posait ses pas dans les siens ? qui la suivait pour l'attraper par le bras, l'empoigner, peut-être lui serrer le cou jusqu'à ce qu'elle tombât inerte, morte, au pied des marches ?

*

24 septembre

Ma Jeannette,

Misère ! Je n'ai rien reçu ce midi, les postes sont impardonnables.

C'est pour moi une période noire, qui ne prend même pas la forme d'une excitation dynamique. Je suis épuisé.

Je me permets de pleurer un peu sur tes épaules qui ont également leurs soucis. Mais n'est-ce pas un privilège de partager, pour mieux les détruire, nos lassitudes ? Par bonheur, je te sais proche, et m'interdis ainsi le découragement.

Je suis assis sur un banc place de la Liberté, notre place, nettement moins calme aujourd'hui qu'une certaine nuit. Une lycéenne moche comme un pou vient de poser son cartable derrière moi et deux de ses copains en mob font tourner leur moteur sous mon nez. Je vais les tuer, je crois. Tu m'apporteras des oranges quand je serai derrière les barreaux ?

Croquinette, poutougne, girafon, reviens bientôt, ne te désespère pas du genre adolescent qui hante ta cité grise : tu en as un qui t'attend ici, et te vénère comme une icône. Donc, après m'être prosterné, je te baise, d'accord ?

Je t'adore de mieux en mieux.

Antoine.

*

Les étagères vides.

Les vêtements oubliés.

Les papiers griffonnés, l'écriture d'Antoine.

Les livres et les disques qu'elle lui avait offerts, abandonnés.

Dormir.

Ne pas s'endormir.

Se réveiller en pleine nuit.

Déployer de multiples ruses pour goûter les nuits d'insomnie, malgré tout.

S'étendre auprès de l'enfant et le renifler encore. Ainsi allongée contre son corps oublieux et chaud, indifférent à sa présence, elle se rendormait une heure ou deux. Quelquefois même il la découvrait au matin à côté de lui, mi-amusé mi-inquiet, elle avait dormi jusqu'au matin :

— Mais, maman, qu'est-ce que tu fais là ?

À sept heures du matin la mère de Jeanne était depuis longtemps revenue de sa première sortie de la journée – donner à manger au bétail en hiver, remplir les réserves d'eau et arroser le potager en été, elle y travaillait une heure ou deux avec sa grand-mère, rentrait avec elle quand la chaleur devenait insupportable. Jeanne l'entendait ouvrir puis fermer le placard de la cuisine, d'où elle sortait les bols et la confiture, abricot, fraise, poire ou mirabelle, sa préférée, poser la casserole emplie de lait sur la gazinière, prendre le beurre dans le réfrigérateur et le poser sur la table en formica d'un coup sec, préparer enfin le café dont l'arôme caramélisé lui signifiait qu'il fallait, cette fois, s'habiller puis descendre la rejoindre à la cuisine : il ne lui restait qu'une vingtaine de minutes pour manger et marcher jusqu'au bout du chemin où passerait bientôt le bus de ramassage scolaire. Au bord de la route, un peu en retrait, à l'ombre d'un châtaignier que la foudre plus tard avait abattu, le père de Jeanne avait fabriqué pour sa sœur et elle un abri de bois qu'il avait peint en rouge.

Mes petits chatons rouges.

Il semblait à Jeanne qu'elle était sale et sentait mauvais – ton odeur a changé, lui avait soufflé Antoine quelques mois plus tôt – et que dormir la fenêtre ouverte comme elle avait entrepris de le faire depuis peu lavait sa peau, ses rêves, ses mains, purifiait l'air de sa chambre, celui de ses poumons, Jeanne espérant qu'un jour son corps enfin serait moins lourd, moins fatigué, et lui inspirerait moins de dégoût.

Une fois, elle avait passé deux heures à chercher dans une boutique du centre commercial un parfum dont l'odeur ne se dissiperait pas trop vite – mais cette puanteur est en moi, avait-elle rectifié, et elle était sortie du magasin.

Elle se revoyait ou plutôt s'entendait l'année précédente, un bel hiver comme il n'y en avait pas eu depuis vingt ans, avait déclaré sa mère, des routes paralysées pendant des semaines, des congères et des rues verglacées, des transports paralysés, Jeanne, donc, se répétant on dirait bien que la folie gagne, ma petite, que cette fois-ci tu perds la boule, débloques, tu vois ce qu'est devenue l'assurance dont tu te flattais, cette fermeté que tu croyais inébranlable et qui t'avait rendue un peu trop arrogante, condescendante même envers, pensais-tu, plus faible que toi, plus lâche aussi, Jeanne égrenant ses tares nouvelles quand, pour la énième fois, elle se retrouvait dans la salle de bains et savonnait ses mains jusqu'à ce que la peau devînt rouge, jusqu'à ce que l'impression fût totale que le sang allait suinter par les pores de sa peau, après quoi, pensant en avoir terminé, elle sentait ses mains, les reniflait une fois, deux fois, trois fois, s'assurait que le savon avait accompli son travail de purification mais il était rare, hélas, qu'elle ne renouvelât pas cette opération de savonnage frénétique une ou deux fois de plus car l'odeur s'incrustait – et puis ce fut la fin de cette période étrange et nerveuse : un jour, Jeanne découvrit son visage dans le miroir de la salle de bains et se réjouit de constater que ce n'était pas le sien.

Je suis un animal.

Elle savait maintenant que la volonté, dans la conduite et le désordre de sa vie, était de peu de poids et que l'essentiel se jouait ailleurs, hors du champ trop clair de la conscience, de manière souterraine, mystérieuse. Elle en avait en réalité la certitude depuis longtemps, depuis l'enfance, quoiqu'elle ne pensât pas bien sûr alors en termes adultes, abstraits, savants, mais, pouvait-on dire, Jeanne, c'est-à-dire l'enfant qu'elle avait été quelque quarante ans plus tôt, éprouvait les événements, s'en pénétrait, devenait une terre fertile, une éponge, et, à mesure que s'empilaient, que se succédaient les expériences, heureuses ou tristes, Jeanne comprenait, à sa manière naïve, qu'elles la transformaient, l'empoisonnaient ou la vivifiaient en profondeur, nappes émotives et intelligentes, s'imposaient à elle jusqu'à changer son appréhension des choses de manière irrémédiable, ce qui était un autre chemin, somme toute, pour accéder à la pensée.

— Je ne suis pas devin, vous savez, mais votre fille a quelque chose de singulier. Je ne sais pas très bien ce que c'est. Quelque chose qui couve.

— Qu'est-ce que vous voulez dire ?

— Eh bien, c'est difficile à expliquer. Peut-être qu'un jour elle écrira des histoires. Qui sait ?

— Des histoires ?

— Je ne sais pas. Vous verrez. Peut-être aussi qu'il ne se passera rien. C'est une impression, vous savez. On se trompe souvent.

— Vous l'aimez bien, notre petite Jeanne, n'est-ce pas ? Si vous aviez connu sa sœur.

— Oui. Je l'aime bien, mais je ne suis pas là pour ça. Disons que c'est une élève intéressante. Ils forment une sacrée équipe, son copain Guillaume et elle. Sa sœur, vous dites ? Elle a été élève au lycée ?

— Non. Elle est partie avant.

— Avant ?

— Oui. Avant d'entrer au lycée. Et Jeanne lui ressemble beaucoup, vous savez. Beaucoup.

Ainsi en allait-il des fantômes de sa maison d'enfance.

La conscience et l'emprise qu'on pouvait espérer avoir sur les faits, sur l'épuisement même de nos corps, sur les émotions qui parfois nous submergeaient au-delà de toute mesure, importaient moins, oui, que ce qui se jouait sous la peau. Ses guerres intérieures l'avaient souvent envahie, anéantie – Antoine au début de leur rencontre l'avait protégée puis ce fut lui qui se laissa emporter, encore était-il incapable de mesurer l'origine et l'étendue du mal –, et Jeanne avait su très tôt qu'il fallait attendre, que les guerres cessent d'elles-mêmes, au point que, se disait Jeanne quand elle se sentait plus gaie, plus légère, le pardon et l'oubli étaient moins affaire d'apaisement moral (considérer qu'on a mieux à faire et décider de passer l'éponge) que de renoncement physique : le corps, un jour, était en paix, et il importait peu de savoir comment et pourquoi cette paix était finalement advenue, elle était là, enfin, et cela seul comptait.

Jeanne attendait, tapie dans son lit.

Je suis un animal.

Couchée sur le côté, le visage reposant au creux de l'oreiller, dans ce lit où personne d'autre depuis Antoine ne s'était étendu à l'exception de ses enfants, un sommier rudimentaire vingt-quatre lattes et un matelas de mousse qu'elle ne se résignait pas à jeter bien qu'il fût sur le côté gauche, là où dormait Antoine, inconfortable et bosselé, et c'était ce côté que bien sûr elle avait adopté entre autres idioties commises ces derniers mois, Jeanne, donc, dérivait. *Chaque moment de la journée avait sa propre odeur*, disait son père de ce ton sentencieux qui était le sien quand il avait trop bu. *Celle du matin, qui pique les narines, et celle du soir, emplie du travail de la journée, du labeur de la terre et des hommes.*

Ils marchaient côte à côte, sur le chemin ombragé qui les ramenait à la maison et longeait le ruisseau à sec, c'était la saison des foins. Ils avaient passé une heure, peut-être deux, dans le cabanon que son père avait construit à une vingtaine de minutes de marche de la maison, il fallait bien connaître les lieux pour la trouver sans s'égarer et ne pas arriver sur les étendues de lande qui ceinturaient la propriété.

Jeanne avait toujours aimé cette zone qui lui donnait le sentiment d'habiter un lieu d'exception, mi-paradis mi-enfer, qu'on ne pouvait atteindre qu'après avoir franchi une sorte de cercle magique, de terre sacrée à laquelle ne pouvaient accéder que de rares élus. La végétation, à cet endroit, était un tapis mauve à sa taille : quand Jeanne s'engouffrait dans la lande, on ne la voyait plus. Là vivaient les faisans, les sangliers, les lapins de garenne, avec son père elle y avait appris à chasser.

Le cabanon était une bicoque de tôles et de planches grossières d'à peine dix mètres carrés, qui avec le temps s'était couverte de mousse et de lichens, et dont une partie disparaissait dans les broussailles tandis que l'autre avait les pieds dans l'eau, un étang poissonneux, il y en avait beaucoup dans la région. Jeanne y nageait, y pêchait aussi, les carpes, les brochets, y capturait les grenouilles à la nuit tombée, une lampe dans une main et un bâton dans l'autre, auquel étaient accrochés fil, hameçon et chiffon rouge, des dizaines, qu'elle rapportait à la maison dans un seau en plastique vert. Son père les faisait griller à la poêle avec du beurre, de l'ail et du persil.

Elle avait compris plus tard, quand les discordes familiales avaient achevé de distiller leur venin, déclenchant plusieurs fois par mois des querelles définitives se muant en réconciliations provisoires à grands coups de cris, d'insultes, de vaisselle cassée, de larmes et de claquements de portes, et ainsi de suite jusqu'à ce que l'un d'eux passât l'arme à gauche, l'arrière-grand-père, le grand-père, son père, à dix ans d'intervalle, Jeanne, donc, comprit que son père allait boire là-bas, quelquefois même y passait la nuit, son corps imposant étendu sur un lit de camp d'où il débordait, à demi recouvert d'une couverture grise râpeuse, un surplus de l'armée – Jeanne ne l'avait jamais vu dans cette position mais le simple fait d'imaginer le corps lourd de son père étendu sur ce lit ridicule l'emplissait de gêne et de pitié –, il piochait dans une réserve cachée sous le plancher, un trou creusé dans la terre et recouvert d'un assemblage de planches, de la bière et des bouteilles de vin que sa mère avait vidées sur le seuil, d'un geste théâtral et rageur, dans les jours qui avaient suivi son enterrement, avant de balancer le tout dans une brouette en fer rouillée qu'elle avait poussée jusqu'à la maison, des dizaines de bouteilles vertes qu'annonçait, sur le chemin plein d'ornières, un cliquetis assourdissant.

Jeanne et son père avançaient sous un soleil de plomb. Jeanne n'avait pas plus de huit ans, la ferme avait été vendue peu de temps après, les champs d'avoine et de blé venaient d'être coupés. Jeanne aimait sentir sur ses chevilles les griffures des tiges dorées.

Enfant, quand sa mère l'avait autorisée à quitter la maison l'après-midi, elle défaisait en plein champ les bottes de paille, coupait la ficelle qui les liait avec un petit canif au manche de nacre déniché dans l'armoire de sa grand-mère, étalait la paille en plein soleil et s'y étendait, c'était à la fois irritant et doux. Un jour, une vipère rousse était venue s'enrouler sur l'une des nombreuses pierres plates qu'on trouvait dans la région, des pierres grises râpeuses, piquetées de mica, que les paysans rejetaient sur les bordures de leurs champs quand elles remontaient à la surface au moment des labours et dont on se servait pour les murets des jardins, le toit des appentis, de certaines bergeries dont beaucoup étaient maintenant en ruine quand elles n'avaient pas été rasées, remplacées depuis longtemps par les stabulations.

Jeanne avait vu la vipère endormie à un mètre de son visage ou, plus exactement, avait compris qu'il s'agissait d'une vipère et non d'une branche morte comme elle l'avait tout d'abord pensé : elle avait eu si peur que, pendant un long moment, elle n'avait pu bouger, avait fixé le corps immobile du reptile enroulé sur la pierre, la tête au centre, le corps trapu, se demandant si elle dormait vraiment ou attendait qu'elle fît un mouvement pour s'élancer vers elle et planter ses crocs dans sa cuisse, peut-être même allait-elle lui sauter au visage, certains le disaient.

Lorsque Jeanne était rentrée ce jour-là, elle n'avait rien dit quand elle était d'ordinaire plutôt loquace, prompte à raconter quelque exploit, à décrire avec force détails ses découvertes, elle avait filé dans sa chambre, n'avait pas entendu sa mère la gronder, dire qu'il était tard, qu'elle s'était inquiétée, que le dîner était prêt depuis longtemps, qu'elle avait plein de paille et d'herbes sèches dans les cheveux, mais peut-être ce soir-là n'avait-elle rien dit, après tout, peut-être Jeanne avait-elle inventé ses reproches.

La nuit qui avait suivi elle n'avait pas fermé l'œil, imaginé jusqu'au matin que les bruits de la maison, craquements, chuintements, frottements, couinements, auxquels elle était pourtant habituée, étaient ceux d'une armée de reptiles ondulant au-dessus de sa tête dans le fouillis du grenier, prêts à se laisser choir sur son lit entre les poutres. Le spectacle terrifiant du corps froid et comme agité de soubresauts de dizaines de vipères pendouillant au plafond puis tombant sur elle dans un bruit sourd, la gueule ouverte, l'avait poursuivie longtemps, était réapparu dans certains rêves récents. Elle dort. Antoine est allongé près d'elle sur le dos, le visage tourné vers l'extérieur du lit. La maison dans laquelle ils se trouvent se met à trembler de manière sourde. Poussière de plâtre et cliquetis de verroterie. Le plafond se fissure. Jeanne se lève, affolée. Elle sent grandir une menace. Elle regarde Antoine qui dort profondément, lui parle, le secoue : il ne réagit pas. Le plafond crève et les vipères tombent sur lui une à une. Elle se réveille.

Elle savourait les yeux clos le silence de la rue sans voiture.

Le corps de l'enfant soudain lui manqua, son odeur, celle de la nuit, aigre-douce, sa peau soyeuse. Il viendrait se blottir contre elle pendant une vingtaine de minutes, sa peluche installée entre eux deux, à hauteur de visage, lui ferait le récit de ses rêves, de ses cauchemars, de ses joies, de son nouveau maître, qui jouait de la guitare et connaissait par cœur des milliers de poèmes, disait-il, tu te rends compte, des milliers de poèmes, puis il serait temps de s'habiller, de descendre préparer le petit-déjeuner, l'enfant serait sorti du lit depuis longtemps et jouerait aux Lego sur le tapis, ou bien serait caché sous la couverture du canapé, dessinerait un énième dragon sur la table du salon, elle l'appellerait pour boire son chocolat chaud et manger ses tartines, l'aîné arriverait quelques minutes plus tard, le visage encore ensommeillé, silencieux, mécanique bien réglée des jours où la folie gagne, s'installe, où la chaleur des corps vaut soudain tout l'or du monde.

*

Je t'ai vu changer, lentement te couvrir de poussière et d'envie.

Plus rien ne trouvait grâce à tes yeux.

Je n'ai jamais menti.

Tu n'as pas su nous préserver.

D'autres vies que la nôtre.

Petit à petit tu nous as chassés.

Quand cela a-t-il commencé ?

Quoi ?

La fin.

Je ne me souviens pas.

J'ai fini par détester mon visage, mes mains, mon ventre, mon sexe.

De l'autre côté de la porte, dans le bureau où tu restais cloîtré des jours entiers, parfois même la nuit, tu inventais pour toi et pour toi seul une vie nouvelle.

Ce n'est pas ce que j'ai voulu.

Et pourtant je la voyais s'étendre un peu plus chaque jour, une brique de chagrin et d'envie flanquée au milieu de notre lit, de notre salon.

Quand cela a-t-il commencé ?

Je ne sais pas. Je ne sais pas exactement.

Une vie rampante, toute de plis secrets, de bruits sourds, de serpents trop doux.

Une terre étrangère.

Tu étais chez toi.

Je t'avais tout donné.

Pourquoi te répondrais-je ?

Pensais-tu que je ne voyais rien ?

C'est toi qui ne me voyais plus.

Pensais-tu que je ne comprenais pas ce que tu faisais ?

C'est toi qui ne comprenais rien.

Je ne te dois rien.

Tu le regretteras.

Jeux d'enfance

Tandis qu'Antoine peinait à se souvenir de leur rencontre, paraissait quelquefois avoir tout oublié des premiers temps de leur vie commune, Antoine demandant à Jeanne, incrédule, presque inquiet, tu es sûre ? ou bien disant non, vraiment, je ne crois pas, tu parles de quelque chose qui n'a pas eu lieu, tu dis ça pour que je me sente plus coupable que je ne le suis, pour faire de moi un minable, un sale con, et puis qu'est-ce que ça peut bien faire, c'est ridicule, voyons, tandis qu'Antoine semblait avoir fait table rase de ce qui, aujourd'hui encore, bouleversait Jeanne, faisait mine de ne plus partager certains de leurs souvenirs, avait affadi tant de moments heureux quand il ne les avait pas recomposés pour l'accabler, elle, davantage, ou plutôt – car il n'y avait chez lui nulle malveillance, elle le savait, croyait le savoir – quand il n'avait pas maquillé leur passé afin de justifier leur échec et la décision qu'il avait prise de la quitter, invoquant quelque défaut sournois, quelque vice originel, caché, comment en être sûre, un poison qui avait compromis leur avenir, dès les premiers instants et ceci sans qu'ils en fussent l'un comme l'autre conscients, une vacherie, une putain de vacherie, Jeanne, c'est tout, tu comprends ? une saleté qui s'était imposée à lui, un constat, triste mais objectif, c'était comme ça, Jeanne, quant à elle, n'avait rien enterré, voulait se souvenir de tout, que rien ne lui échappât, et ses efforts – jours et nuits ressasser, fermer les yeux sur ses souvenirs, les appeler, faire surgir en elle des bribes de conversations, de situations, de scènes, de lieux –, ces gesticulations désespérées n'en rendaient leur séparation que plus insupportable, plus déchirante.

Mais Jeanne aurait préféré se savoir plus libre, plus affranchie qu'elle ne l'était en réalité : elle avait l'impression, en dépit de ce qui s'était produit ces derniers mois d'humiliant et de sale, d'être enchaînée à ces jours-là. Oui, elle leur était asservie, pieds, mains et esprit liés, au point qu'Antoine se réduisait parfois à cela, une voix, sa peau, la couleur de ses yeux, où elle avait puisé, trouvé tant de douceur, de désarroi aussi, plus tard, et qui la possédaient tout entière. Le reste importait peu, ce qui composait une biographie, leurs conversations enflammées, leurs querelles, leurs faits de gloire comme leurs lâchetés. Parfois, oui, il ne restait que cela. Tout pouvait être gommé, effacé, recommencé, se disait Jeanne alors, et ce n'était pas la moindre de ses contradictions que de mêler son attachement au besoin têtu, obstiné, de comprendre ce qui leur était arrivé.

Et s'ils recommençaient ? S'ils se donnaient une seconde chance ?

Il ne lui avait pourtant pas échappé que la voix d'Antoine, ou bien certains de ses gestes, de ses propos, lorsqu'il passait prendre les enfants, s'installait à la place qui était la sienne auparavant, près de la fenêtre, dans un vieux fauteuil de cuir aux accoudoirs griffés, une affaire, trouvée pour trois fois rien dans une brocante parisienne, Antoine attrapant le premier objet qui lui tombait sous la main afin d'éviter son regard, il ne lui avait pas échappé que tout cela l'asphyxiait. Les paroles d'Antoine, attendues, gênées, avaient fini par lui être pénibles, non à la manière d'un insecte dont le bruit agace et qu'on veut écraser, mais d'un couteau qu'on remue dans la chair : Jeanne contemplait dans un même instant sa douleur et sa joie, voulait qu'Antoine se tût et parlât sans fin, prononçât les mots qui autoriseraient son pardon et nourriraient sa colère. Elle n'entendait, dans la voix d'Antoine, dans la banalité forcée de leurs conversations, qu'une douceur contrôlée, une amabilité polie, le rappel douloureux, grimaçant, d'heures joyeuses et mortes.

Je vais partir, Jeanne.

Je te trouve bien amère, lui avait-il écrit. On dirait que tu envies ma réussite, que tu voudrais me voir souffrir, échouer encore, comme si ce que j'ai enduré ne suffisait pas, comme si je n'avais pas été assez malheureux pendant toutes ces années.

C'était injuste, mais Antoine n'en était plus à une injustice près. Jeanne se demandait si c'était ainsi que naissait la haine, ou le mépris, quand ceux qu'on aime écrasent ce qu'ils avaient juré de chérir.

Elle avait tendu la main vers le verre d'eau posé sur sa table de chevet. Des larmes roulaient sur ses joues. Elle ne sanglotait pas. Elle avait frotté ses paupières, vidé le verre à petites gorgées.

Elle avait pensé à son petit garçon. Elle entendait une porte s'ouvrir, le parquet grincer sur le palier, la poignée de la porte que l'enfant tournait doucement.

— Je peux entrer maintenant ?

Elle aurait aimé, quelquefois, rester couchée une ou deux heures de plus, immobile, vide de toute émotion, de toute pensée, calme, paisible, la radio déversant un flot continu de paroles qu'elle oublierait aussitôt, l'agitation de la ville gagnant petit à petit l'intérieur de l'appartement.

L'enfant comprenait à son silence qu'il ne la dérangeait pas et n'attendait pas qu'elle répondît : il entrait.

Elle entendait ses pieds nus sur le bois frais. Il se glissait sous la couette, sa peluche sous le coude, se recroquevillait contre elle, enfouissait son visage dans l'oreiller, glissait ses pieds froids entre ses jambes. Elle refermait son bras sur ses épaules.

Animal.

*

Mardi 6 août

Jeanne,

Ta lettre est arrivée dès aujourd'hui. Et c'est une lettre d'amour que j'ai reçue, tendre, fine, et clairvoyante, et féconde.

J'ai voyagé dimanche dans une position symbolique. Assis sur la banquette arrière repliée, regardant vers toi et tournant le dos à ma mère. Bénie soit sa sottise, qui est à la fois une touchante preuve d'amour maternel et un rempart efficace qui garantit mon indépendance !

Je suis enveloppé de ta présence invisible. Tu es éloignée, et ce paradoxe donne toute sa force à mon je t'aime déraisonnable.

Es-tu sûre d'être complètement incarnée ? Tu as trois minutes pour répondre.

J'aime tu aimes et nous avons encore tous les deux cette pudeur : nous avons chacun, à notre manière, peur d'être aimés, et cela me bouleverse. J'ai comme toi de bonnes raisons de succomber à l'idole de la fatalité, qui nous a bien malmenés tous les deux, et ma question « Suis-je aimable ? » est une offrande que je lui fais chaque jour, un peu moins toutefois depuis que je t'ai rencontré car tu me donnes tant de force et de courage. Sache que je ne m'y complais pas, car tu me « panses », par une bonté au moins égale à celle que tu m'attribues. Tu auras tôt fait de me convertir. Je suis heureux avec toi et je t'embrasse.

Antoine.

*

Des lettres, ils en avaient écrit des dizaines. Lorsqu'ils devaient se séparer quelque temps, ils s'écrivaient chaque jour, quelquefois plusieurs lettres, sur des feuilles de copies quadrillées, du papier à lettre, des bouts de papier déchirés, du papier kraft, dont les réponses se mêlaient, se croisaient. Ils les postaient ensuite séparément ou les glissaient dans une enveloppe unique. Jeanne bien sûr préférait qu'il y en eût plusieurs, aimait la répétition du geste, glisser son pouce sous le rabat, le bruit du papier qu'on déchire, du pouce et de l'index extraire la lettre. Songer à la main d'Antoine glissant la lettre dans l'enveloppe, humectant de sa langue la partie encollée du rabat.

Jeanne pensait aux lettres d'Antoine à peine réveillée – lui écrirait-il ? que lui répondrait-elle ? –, enrageait de devoir patienter jusqu'au soir, haïssait les dimanches. Puis les lettres cédèrent la place au téléphone, conversations interminables puis appels minimalistes, aux mails, à rien, elle regrettait ce temps-là, le temps où elle pouvait glisser pour les voir, les toucher, dans une poche, dans le fouillis de son bureau, dans son sac, des preuves d'amour.

Après le déménagement, elle avait trié les lettres, par année, puis les avait rangées dans une grande boîte cartonnée sur laquelle l'aîné de leurs enfants avait peint un paysage maritime, mer sur le couvercle, bateaux sur les côtés. Des lettres d'amies disparues, rencontrées au lycée, à l'université, des lettres d'amoureux, quelques lettres, laconiques, de sa mère, des lettres d'élèves, de collègues. Elle en avait gardé huit, des lettres d'Antoine, liées par une cordelette blanche que le temps avait salie et poissée, fourrées dans la poche intérieure de chacun des sacs qu'elle avait possédés, sorties de leur enveloppe et dépliées maintes fois, des lettres d'amour ordinaires et merveilleuses, ainsi qu'elle avait aimé à se le répéter : Antoine m'a écrit des lettres d'amour ordinaires et merveilleuses. Pendant quelque temps, cette boîte était restée visible, parallélogramme s'encastrant au centimètre près dans l'étagère, puis, ne supportant plus de la voir, elle l'avait fourrée au fond du placard de la salle de bains et recouverte de linges, de vêtements d'enfant trop petits.

Jeanne songeait aux jours apaisés qui arriveraient peut-être, des jours sans amour, des jours tranquilles pendant lesquels elle pourrait toucher sans crainte ce qui avait appartenu à Antoine, et puis la découverte, la lecture, plus tard, quand elle serait morte, des lettres de leur père, serait peut-être de quelque importance pour les enfants, réconfortant, apaisant, comment savoir, Jeanne se souvenant qu'elle avait aimé trouver dans le grenier de sa maison d'enfance les lettres, rares il est vrai, de ses parents, de ses grands-parents, les photos de mariage, les portraits, les cartes postales, et ces souvenirs, bien plus que leur contenu, au reste insignifiant, bien plus que les sentiments dont ils paraissaient témoigner et dont elle n'aurait pu affirmer qu'ils étaient sincères, l'avaient émue : la vie, une vie ténue, le fragment d'un passé lointain, l'expression d'un visage dans lequel elle avait reconnu certains traits du sien, de ses propres enfants, la couleur des yeux, une certaine manière de se tenir, de sourire, rien de plus, des vies révolues dont elle n'avait pas ou peu d'images, encore celles-ci s'étaient-elles la plupart du temps nourries des récits qu'on lui avait faits.

Un jour, se diraient leurs enfants, nos parents se sont aimés.

Mais ce temps-là n'était pas venu : tout ce qui lui rappelait Antoine la brûlait.

De leur première nuit d'amour Jeanne avait conservé un souvenir doux et amusé. S'ils s'étaient déshabillés avec fébrilité, avec maladresse, s'embrassant, se caressant, se mordant, se léchant le visage puis le corps tout entier, Antoine n'était pas parvenu à bander. Jeanne en avait été émue. Elle n'avait pu consoler Antoine, qui en avait éprouvé du chagrin, de l'humiliation aussi, quoiqu'il ne lui eût rien dit de tel. Puis, un jour, une ou deux semaines plus tard, elle ne sait plus très bien, au terme d'un après-midi pluvieux passé dans les rues inondées de La Rochelle d'où ils étaient revenus frigorifiés en plein mois de juillet, ils s'étaient réfugiés chez lui. À peine étaient-ils entrés qu'il l'avait plaquée contre le mur, avait enlevé ses vêtements, une robe noire à pois blancs, l'avait embrassée avec ardeur, son corps écrasant le sien, avait glissé sa main sous sa culotte, caressé son sexe dont il avait écarté les lèvres avant d'y enfoncer un doigt puis plusieurs, s'était agenouillé, avait glissé sa langue en elle, s'était relevé, les lèvres mouillées, le visage sentant son odeur à elle, il l'avait prise par la main, l'avait entraînée sur le lit. Antoine avait joui en se mordant les lèvres, si fort qu'une goutte de sang avait perlé sur la lèvre inférieure, y laissant une croûte tenace qu'il avait conservée plusieurs jours.

Il y avait une forme de gravité dans leurs étreintes, laquelle cependant n'excluait ni espièglerie ni gourmandise, ni expérimentations ni jeux : Antoine mangeait, mordait, léchait la peau salée de Jeanne, du creux du cou jusqu'à l'intérieur de ses cuisses, et Jeanne à son tour aimait le corps d'Antoine, le dégustait, le reniflait, s'en repaissait. Leurs corps étaient une terre agile, secrète, douce, ardente, joyeuse.

Il était près de midi quand Jeanne avait le lendemain ouvert les yeux. La pluie, qui avait fouetté la porte-fenêtre toute la nuit, avait cessé à l'aube. Jeanne était restée éveillée un long moment, écoutant le ruissellement de l'eau sur le toit, dans les gouttières, les gifles du vent, jouissant d'être à l'abri, le corps chaud d'Antoine contre le sien, qu'elle caressait du bout des doigts, effleurait pour ne pas le réveiller, puis elle s'était endormie contre lui, son dos contre le sien. Du lit, elle voyait un bout de ciel bleu.

Antoine dormait encore. Un visage endormi, avait souvent pensé Jeanne, désarmait toutes les colères, tous les chagrins.

Elle détaillait pour la première fois le corps d'Antoine, ne se souvenait pas qu'un corps d'homme l'eût autant émue. Celui de Guillaume, par exemple, lui plaisait. Avant Antoine, Guillaume était même celui de ses amants qu'elle avait préférés, elle devait en convenir quoiqu'elle le jugeât désormais aussi cuistre que malhonnête, défauts qu'on ne pouvait imputer à Antoine. Quand ils s'étaient retrouvés à New York et malgré son évidente grossièreté, baiser avec Guillaume était apparu comme un événement nécessaire en même temps qu'anodin, une manifestation supplémentaire de l'amitié qui avait été la leur depuis leur rencontre au lycée, et qui s'achevait : après l'épisode new-yorkais, elle n'avait jamais revu Guillaume, avait eu de lui des nouvelles épisodiques, puis plus rien.

Antoine.

Cou.

Sous le menton, laisser filer les doigts sur la peau mal rasée, qui rougissait quand Antoine se mettait en colère.

Nuque.

Fine, nerveuse.

Front.

Haut et barré depuis peu de rides qui donnaient à l'expression de son visage un air sévère.

Tout va bien, Antoine ?

Dos.

Un peu voûté.

Épaules.

Larges.

Fesses.

La partie du corps d'Antoine qu'elle préférait, avec ses yeux. Bleus et doux.

Caresser, malaxer, mordre.

Jeanne avait toujours aimé regarder les fesses des hommes.

Cuisses.

Sous sa main, près de l'aine, la peau soyeuse.

Chevilles.

Leurs os étaient saillants. Au creux de la cheville gauche, deux grains de beauté de taille égale. Antoine avait un jour fait croire au plus jeune de leurs enfants qu'un loup l'avait mordu à cet endroit et que, là, étaient apparues ces deux petites taches brunes.

Sexe.

Au repos, courbé sur la gauche. Jeanne pendant longtemps s'était endormie en posant une main sur le sexe d'Antoine.

Orteil.

Antoine avait un pied grec.

Ce fut aux côtés d'Antoine que Jeanne connut la plus grande jouissance.

Avec nombre de ses amants passés, elle oubliait son plaisir, voulait en finir, se laissait distraire, fixait son attention sur un détail, une posture, s'ennuyait, trouvant curieux, ridicule, quelquefois même pitoyable, qu'on se désolât de ses déboires sexuels, qu'on en fût obsédé, quand elle n'y voyait qu'un accessoire, une chose sans importance. Jeanne se souvenait de ses premières discussions au lycée sur le sujet, et toi tu l'as déjà fait ? t'as déjà couché avec un mec ? de même d'ailleurs que sur la masturbation, suggérée par périphrases, que, comme ses copines, elle pratiquait souvent et depuis des années, dans la salle de bains, dans son lit, dans les toilettes, sur la mobylette achetée par ses parents quand elle avait eu quatorze ans (mais pendant l'amour elle n'en considérait pas moins souvent avec perplexité ses mains, ses jambes, ses bras, comme s'il s'était agi d'un autre corps, tandis que celui de son amant allait et venait en elle, son visage grimaçant, rouge, tendu vers le plaisir, sentait quand leurs corps se touchaient le battement accéléré de son cœur et en était étonnée, détaillait dans les moindres détails les expressions de son visage, ne souffrait pas mais accordait à ces étreintes un intérêt limité, quelque chose qui relevait d'une expérience qu'il fallait faire au même titre que sniffer du poppers, prendre de l'acide, insulter un flic, voler dans un magasin ou s'envoyer en l'air dans un lieu public), Jeanne attendait qu'il en eût terminé pour se lever et partir, fumer une cigarette, manger.

Jeanne avait donc été amoureuse.

Longtemps le souvenir des premiers temps de leur rencontre avait surgi sans prévenir, porté par un bruit, une odeur, la laissant pantelante, oscillant entre les larmes et la joie, tant semblait réelle, présente, palpable, inchangée – et en un sens elle l'était – l'émotion qui s'emparait alors d'elle et la ramenait quelque vingt ans en arrière. Mais de manière plus prosaïque c'étaient aussi les rangements, les tris, la mise au rencart d'objets divers depuis qu'Antoine était parti qui la plongeaient malgré elle dans le passé, l'y enchaînaient, le temps de l'innocence, dont elle aurait aimé, parfois, qu'en fussent extraits toute la gaîté, tout le bonheur, car c'était bien cela qu'elle ne supportait plus : qu'ils se fussent envolés, l'obligeant à contempler impuissante ces mirages si beaux, si doux, une contemplation si cruelle qu'elle avait voulu mourir.

Elle présentait alors, oui, tous les symptômes de l'amoureuse, et s'amusait à les répertorier, souriant sans même s'en rendre compte à l'évocation de ses souvenirs.

Amoureuse.

Elle frissonnait à peine elle avait reconnu la silhouette d'Antoine ; son cœur battait la chamade et longtemps, même, après qu'elle eut intégré son groupe d'amis, son corps tout entier semblait lui échapper ; elle bafouillait quand on s'adressait à elle, était incapable de décrocher un mot ou bien bottait en touche, de la manière la moins ridicule possible tandis que les mots, les phrases, les idées se bousculaient, cavalaient en secret, se contentant de fumer ses Camel et suscitant les moqueries de ses nouveaux amis, mais c'était quoi cette rabat-joie, quand Jeanne remportait haut la main les défis stupides que lui lançait Guillaume, siffler trois pintes d'affilée ou vider une bouteille de Zubrowka dans la soirée, à New York ils s'étaient surpassés : Guillaume, ivre mort, avait failli tomber de la terrasse de son immeuble sur le trottoir.

Mais Antoine était aussi ému qu'elle, il le lui avait avoué après qu'ils eurent passé leur première nuit ensemble, et Jeanne se demandait maintenant quand sa présence, la présence du corps d'Antoine devant elle, près d'elle, la touchant, l'effleurant, avait cessé de l'émouvoir. S'il ne lui était pas possible de circonscrire un événement précis, une parole malheureuse, quoi que ce fût qui l'eût blessée de manière irrévocable, signant la mort de l'émotion qui l'avait étreinte pendant des années, de cela au moins elle était certaine : voir Antoine, le regarder, avait été un plaisir, une joie. Et sa voix, qui valait à elle seule tous les baumes. Il était à elle, elle était à lui.

Des années après qu'ils eurent quitté la ville et multiplié, au gré de leurs obligations professionnelles, les déménagements, l'attrait qu'exerçaient chaque endroit de son corps, son odeur, sa voix, était demeuré intact, et cela sans doute se voyait, quoiqu'ils n'en eussent fait ni l'un ni l'autre un spectacle – Jeanne plus que lui, d'ailleurs, avait toujours eu en horreur l'exhibitionnisme de certains couples –, au point qu'ils avaient fini par incarner aux yeux de leurs amis, ils le leur disaient, une sorte d'idéal amoureux, un couple qui ne connaîtrait pas l'usure et ne disparaîtrait qu'avec la mort, un couple insubmersible au sein duquel chacun occupait une place juste, consentie sans aigreur malgré les difficultés qui s'étaient abattues sur eux.

*

Hier j'ai jeté les vêtements que tu aimais.

Des robes, des pantalons, des jupes, des sous-vêtements.

Je les ai mis dans un sac-poubelle et je les ai laissés sur le trottoir.

Peau neuve.

J'ai jeté les vêtements que tu enlevais, arrachais, faisais glisser sur mes hanches.

Place nette.

Glissière, boutons, fermetures.

Je ne pense plus à toi.

Je voudrais ne plus penser à toi.

Regarde-toi.

J'ai changé de visage.

Regarde-moi.

Joues creusées. Mâchoires serrées. Regard fixe. Sourire suspendu.

Regarde-toi.

Tu disais : ferme les yeux et laisse-moi embrasser ton visage, ton cou, tes lèvres, tes paupières.

Je ne me souviens pas.

Tu jouais à dessiner sur ma peau un paysage.

Je ne me souviens pas.

Tu prenais mon visage entre tes mains, posais le bout de tes doigts sur mes paupières, les fermais pour les embrasser.

Je ne me souviens pas.

Ton souffle tiède sur mon visage. Tu disais : ma semblable, ma sœur, mon cœur battant.

Je ne me souviens pas.

Tu disais : un amour comme le nôtre n'aura jamais de fin.

Je ne me souviens pas.

Tu disais : un amour comme le nôtre ne peut pas avoir de fin.

Je ne me souviens pas.

Tu disais : que serais-je sans toi ?

Je ne me souviens pas.

Tu disais : mon sang, ma peau si douce, et le chant de ta voix.

Je ne me souviens pas.

Je promène mon chagrin comme un chien.

Tais-toi.

J'ai jeté les vêtements que tu as oubliés.

Tais-toi.

Je promène mes larmes comme un chien.

Tais-toi.

J'ai jeté tout ce qui portait ton odeur.

Je promène l'odeur de ta peau sur ma peau comme un chien.

L'hiver dans la bouche

L'obscurité cédait. Une lumière froide entrait dans la chambre. Brooklyn se réveillait. Le long buffet bas, réplique chinoise de mauvaise facture, émergeait face au lit, rouge, vivant, hérissé de fleurs séchées aux airs de marionnettes. Jeanne tendit la main vers sa montre. Sept heures trente.

Elle avait peu dormi, paressa dans le lit encore une heure, bercée par la voix grave et enjouée d'un journaliste égrenant des nouvelles qu'elle peinait à comprendre. Elle repartait le soir même. Dans la maison mitoyenne, les enfants chahutaient, sautaient sur le plancher, faisant trembler les vitres, jusqu'à ce qu'une voix de femme, grave et posée, mît un terme à leur vacarme. Ils dévalèrent l'escalier en riant, quelques secondes plus tard reprirent leur chahut dans la rue. La porte d'entrée se referma dans un tremblement métallique puis le silence revint.

Jeanne s'habilla et sortit. Le froid était vif, le trottoir verglacé en maints endroits. Elle remonta

Putnam Avenue jusqu'à Malcolm X Boulevard, priant pour que le restaurant où elle avait l'habitude de prendre le petit-déjeuner soit ouvert Il était à peine neuf heures.

Quand elle arriva, le propriétaire du Mary's Coffee Shop venait de relever la grille. Elle poussa la porte et alla s'asseoir sur la même banquette que la veille, contre la vitre, en plein soleil. Le skaï de la banquette était déjà chaud. Elle en frissonna de plaisir. Le patron arriva avec un café brûlant et un couple de donuts, sourire aux lèvres, attendant qu'elle approuvât son initiative. Jeanne lui rendit son sourire.

Une camionnette passa dans un bruit de ferraille, se gara à quelques dizaines de mètres au pied d'un immeuble à la façade grise. Un cortège lent de grosses cylindrées sombres s'engouffra dans la rue, moteur vrombissant, trois modèles identiques flambant neufs, suivi d'un break blanc, piqueté de rouille, boueux et cabossé, qui s'arrêta devant une borne incendie de part et d'autre de laquelle s'amoncelaient détritus et sacs-poubelles crevés. Emmitouflés jusqu'aux oreilles, une femme et trois enfants montèrent, la femme devant, les enfants à l'arrière, claquement de portes, puis la voiture s'éloigna à son tour, tourna sur Jefferson Avenue.

Deux hommes en bleu de travail sortirent de la camionnette et commencèrent à décharger leur échafaudage sur le trottoir. Un petit garçon surgit d'un immeuble de brique, traversa la rue et fonça droit sur elle. Il vint écraser son visage contre la vitre, ses mains collées doigts écartés de chaque côté du visage, à hauteur des oreilles. Le patron baragouina quelques mots en espagnol, agita les mains en direction de l'enfant qui disparut aussi sec en poussant des cris suraigus. Elle eut hâte de rentrer, pourtant ne bougea pas.

Joies matinales. L'enfant accourait dans la cuisine et s'asseyait sans parler, vidait son verre d'eau d'une traite, prenait l'une de deux tartines posées devant lui, la trempait dans le lait chocolaté, la portait à sa bouche. Jeanne penchait la tête vers lui et embrassait ses cheveux.

— Hier j'ai trouvé des photos, maman. Des photos de papa et toi, dans le placard de la salle de bains. Elles étaient dans un carton. Pourquoi tu les as mises là ?

— Je ne veux pas que tu fouilles dans les placards et que tu vides les cartons.

— Oui, mais je l'ai fait quand même. Il y en avait des bizarres.

Des photos, ils en avaient pris des centaines, des milliers, les premières sur pellicule, que Jeanne faisait développer puis triait, rangeait dans des boîtes en carton ou des albums, légendait, leur premier enfant venait de naître, ainsi grandissent les mythologies familiales. Les secondes, innombrables, apparues avec les appareils numériques, dormaient dans leurs ordinateurs respectifs, de loin en loin Jeanne en choisissait certaines, auxquelles elle réservait le même sort qu'aux premières, albums, légendes, mises en scène du passé. Puis les photos, prises de manière compulsive et sans grand intérêt esthétique, se contentèrent de gonfler des fichiers qui s'accumulaient, invisibles, dans le disque dur, à mesure que l'un ou l'autre les transférait, triées de manière automatique par ordre chronologique, lequel, parfois, sans qu'il fût possible d'en saisir la raison, dérapait, créant de curieux télescopages, photo de nourrisson endormi apparaissant au milieu d'une série de paysages maritimes, scène familiale perdue dans une série sportive, clichés érotiques – Antoine et Jeanne dans les premières années de leur vie commune s'étaient amusés à se photographier nus dans toutes les pièces des lieux où ils avaient vécu, parfois aussi, donc, en extérieur – pimentant une innocente série de portraits enfantins, goûters d'anniversaires égarés sur des plages hivernales, visages juvéniles accolés aux mêmes dix ans plus tard, vieillis, premières rides et premiers cheveux blancs.

Jeanne ne savait plus qui avait pris la plupart d'entre elles.

Je vais te quitter.

— À quoi tu penses, maman ? lui avait demandé un jour l'enfant. Tu as les yeux ouverts, tu regardes le plafond et tu bouges pas, comme une statue. Tu es triste ?

Jeanne avait senti un sourire se dessiner sur son visage, qui s'était dissipé aussitôt. L'enfant s'était blotti contre elle, serrant dans ses bras sa peluche. Pour une fois il n'avait rien dit, puis entrepris de passer une main sur sa joue, qu'il avait caressée longtemps, puis ses cheveux. Elle s'était tournée vers lui et l'avait regardé en souriant. Ses yeux brillaient.

— Moi aussi, tu sais, dit l'enfant, il me manque, papa.

Elle avait fermé les yeux.

Être une forteresse, se répétait-elle.

*

9 septembre

Jeanne, ma Jeanne,

La nuit s'est avancée et je suis passé, sans me rendre compte de rien, du dimanche au lundi. Il est trop tard, les sessions reprennent demain à 9 heures, mais je veux te porter cette lettre avant midi. C'est tout de même la panique. Si je n'obtiens pas de délai supplémentaire pour rendre mon mémoire, autorise-moi à pleurer sur ton épaule.

Et d'épaule et du reste, je me lamente de ne pouvoir rien saisir ni caresser. C'est trop injuste.

Reviens partager ton corps avec le mien ! Tu sais, nous ne nous appartenons plus, c'est sainte Jeanne qui l'a dit. Notre petit appartement peinturluré et son grand lit cassé et moi tout seul dedans, aussi bête qu'un point d'interrogation.

Prends garde ! Je t'aime absolument. Je veux parler rire manger dormir marcher avec toi. T'enrouler sous les couvertures, te serrer contre moi, nous endormir.

Antoine.

*

Quelques mois après le départ d'Antoine, au retour de vacances tristes, lointaines, nerveuses, passées chez une amie d'enfance, Annette les avait invités tous les deux. Curieuse idée que de les inviter l'un et l'autre. Jeanne n'avait pas osé refuser, craignait qu'Antoine n'interprétât son absence comme une marque de faiblesse.

Comme avant, avait-elle pensé.

Quoiqu'elle fût convaincue qu'il n'y avait dans l'invitation d'Annette aucune malveillance, Jeanne n'avait pu s'empêcher d'y voir une cruauté de plus – cette douleur sans fin qui l'avait aspirée et que redoublaient les conseils avides et pétris d'incompréhension de ceux qu'elle avait jusque-là tenus pour ses amis, un sol de verre qui se brisait soudain et son corps tombant interminablement, faisant voler en éclats sa vie d'avant, dont elle avait osé être fière –, Jeanne se souvenant, lorsqu'il lui avait dit d'une voix sourde où pointait une dureté nouvelle, d'être sortie en pleine nuit dans les rues sombres de la ville comme si cette promenade avait pu effacer ce qu'elle venait d'entendre – *je ne sais pas ce que nous allons devenir* –, d'avoir pensé que l'histoire s'écrivait donc encore une fois sans elle et que c'était Antoine qui lui avait porté le coup le plus terrible, la reprenant là où ils l'avaient abandonnée ensemble, des années plus tôt, l'histoire qu'on lui avait prédite et qu'elle pensait enterrée : Tu es si peu aimable.

Nous serons différents.

Nous saurons nous aimer.

Nous ne recommencerons rien.

Nous serons neufs.

Annette fêtait la naissance de Thomas, et les quarante ans du père de l'enfant pour lequel elle avait organisé cette soirée en secret, une soixantaine d'invités que pour la plupart elle ne connaissait pas ou très peu. Le père était arrivé vers vingt heures, fatigué, portant à bout de bras deux sacs de courses pleins à craquer. Il avait été accueilli par des applaudissements, des cris d'enfants qui s'étaient précipités pour l'entourer, répétant son prénom. Il était resté prostré, incapable de dire un mot, des larmes roulaient sur ses joues, des fêtes comme celle-ci, avait-il déclaré la voix brouillée, il n'en avait pas connu, remerciait Annette, son tendre amour. Des rires fusaient. Certains versèrent une larme. Plusieurs invités s'étaient avancés vers lui et l'avaient pris dans leurs bras, l'avaient embrassé, avaient caressé ses cheveux comme pour le consoler, pour apaiser un enfant blessé, entamant avec lui, avait-elle pensé en les observant tandis qu'ils l'encerclaient, une valse lente, suspendue, qui semblait avoir duré longtemps, très longtemps, Jeanne n'arrivait pas à détacher ses yeux de la masse compacte formée par ces corps enchevêtrés dans la chaleur étouffante, la lumière déclinante de cette soirée de juillet.

Puis tout cela lui avait soudain paru absurde, obscène, petit théâtre sentimental écœurant dans lequel elle ne comprenait pas qu'on pût se complaire. On lui avait imposé, se disait-elle, une scène de joie, une scène de liesse, un spectacle amoureux qui l'humiliait et la renvoyait à son dénuement.

Jeanne avait senti son corps lui peser comme si quelqu'un avait appuyé de toutes ses forces sur ses épaules pour la faire disparaître dans le sol.

Depuis quelque temps, ses peurs enfantines étaient revenues, qui l'obligeaient chaque soir à vérifier que la porte d'entrée était fermée à clef et les rideaux tirés. Elle se recroquevillait autour du corps minuscule du chaton blanc qu'Antoine avait ramené à la maison quinze jours auparavant et qu'elle craignait d'étouffer dans son sommeil, se réveillant la nuit en sursaut, tendant la main à la recherche de l'animal endormi contre elle. Elle le retrouvait lové dans son dos, ou bien dans le creux de ses jambes repliées, vérifiait qu'il respirait encore, parfois le réveillait pour s'en assurer, reprenait un somnifère et se rendormait jusqu'à ce que le plus jeune l'arrachât à ces nuits qui ne lui apportaient aucun repos.

Elle avait voulu quitter cette assemblée bruyante, rieuse, s'était dit qu'elle ne supporterait pas de rester là une minute de plus mais, comme le père de l'enfant, elle était restée immobile. Puis quelqu'un s'était mis à parler dans son dos d'une voix grave, presque inamicale. Dans l'état de confusion où elle était, elle n'avait pas compris ce qu'il avait dit. Elle s'était retournée, l'avait cherché des yeux. C'était un homme d'une cinquantaine d'années, tourné maintenant vers son voisin auquel il décochait un sourire dont la douceur la surprit, peut-être avait-elle mal compris. Annette était arrivée, radieuse, souriante, les yeux brillants, et l'avait prise par l'épaule, entraînée vers le tilleul sous lequel on avait dressé le buffet, salades, quiches, petits fours, vins, sangria, piles de verres et de gobelets en plastique transparents, lui avait tendu un verre de vin blanc frais, sucré, qu'elle avait bu d'une traite. Au bout du troisième verre, elle était ivre.

Il faisait chaud. Antoine s'était éloigné, bavardait au fond du jardin avec deux hommes qu'elle ne connaissait pas, la quarantaine, leur conversation semblait animée, Antoine riait parfois.

Jeanne s'était allongée sur une chaise longue et avait allumé une cigarette, ne cherchant pas plus la solitude que la compagnie, indifférente, elle se sentait mieux, ses yeux se promenaient sur les petits groupes qui s'étaient formés ici et là et lui paraissaient irréels, elle ne songeait plus à partir, elle ne voulait rien d'autre que l'étirement de ces minutes apaisées. Il faisait presque nuit.

Deux hommes s'étaient installés à la table d'à côté, buvaient leur café sans parler, piquaient leur fourchette dans leur assiette débordant de frites. Ils étaient les seuls clients.

Elle relut son message pour la énième fois, sut que ce serait le dernier, le dernier en tout cas qui ressemblerait à un message d'amour ou, plutôt, à un message officialisant la mort de l'amour, dix-huit ans, Jeanne se demandant comment elle avait pu croire, penser, que tout ce qu'elle avait accompli jusque-là l'avait été non malgré lui mais grâce à lui.

Que l'homme qu'elle avait tant aimé n'eût aucun goût pour ce qui comptait à ses yeux ne l'avait pas empêchée de considérer qu'elle n'aurait rien entrepris, rien achevé sans son ombre bienveillante, sa sagesse, son insolence, aussi qui la protégeait de tout et de tous, du moins dans les premiers temps de cette vie commune, quelque chose, oui, qui le distinguait de tous ceux qu'elle avait rencontrés avant lui et qui l'avait conquise, une sorte de grâce où nichait une force étonnante, une insolence amusée dont elle jouissait et à laquelle elle s'était longtemps abreuvée, ressourcée, quand tout autour d'elle, et cela depuis qu'elle était enfant, n'était que vacillements et la ramenait à ses tares, à ses faiblesses.

Peut-être même, à l'entendre, lui, les évoquer lorsqu'ils s'étaient retrouvés, il n'y avait pas si longtemps, sur le sol froid de l'appartement déserté, poussiéreux, envahi de cartons qu'aucun des deux n'avait encore osé emporter, pour la première fois craintifs, suspicieux, chacun essayant de débusquer chez l'autre l'origine de la chute, peut-être que rien, se disait-elle, de ce à quoi elle avait cru avec ardeur, avec soulagement aussi, n'avait existé – l'amour, la confiance, la fin des luttes – et c'était cela, pensait-elle tandis qu'elle achevait le premier paragraphe, qui l'avait anéantie deux ans plus tôt et qu'aujourd'hui elle s'apprêtait à solder. Il était vain de chercher la moindre parcelle de vérité, de nécessité, à quelque union que ce fût, quelque chose qui la justifiât, elle et elle seule, à l'exclusion de toute autre, il était vain d'y trouver un cœur, une essence, dont il était possible de connaître jusqu'aux plus infimes composants, une chimie de l'amour, en somme, dont on pouvait, dès lors qu'on aimait et était aimé, connaître la formule, et que le temps, d'aucune manière, ne parviendrait à altérer.

Dans l'ancien salon où ils se tenaient, gauches, nerveux, ses yeux erraient de carton en carton. *Jeanne vêtements Antoine dossiers Jeanne divers Jeanne livres Antoine photos Antoine pulls chemises Jeanne Antoine Antoine Jeanne.* Antoine détournait les yeux. Le soleil réchauffait la pièce, ses jambes, son visage, ses mains. Elle frissonnait pourtant. Au dehors la neige éclairait la petite cour enclavée, d'ordinaire très sombre, que l'humidité pendant l'hiver recouvrait de plaques de mousse.

Quand les beaux jours revenaient, le syndic envoyait quelqu'un pour décaper les dalles à coup d'eau chlorée, qui empuantissait les appartements pendant plusieurs jours au point que, un soir, en revenant de l'école, le plus jeune de leurs enfants était allé prendre un flacon de parfum dans la salle de bains et l'avait pulvérisé sur les tapis, les meubles, les murs, les rideaux, lesquels exhalèrent pendant quelques semaines un parfum délicat de sous-bois et de mûres. Ainsi s'était envolé le dernier cadeau qu'Antoine lui avait fait.

L'hiver suivant, Jeanne s'effondrait sur un tapis de neige. Elle avait pensé que le froid la calmerait. La place était déserte. Elle avait été surprise de ne voir autour d'elle aucune trace de pas.

Il avait neigé toute la nuit, des flocons charnus tombaient sans discontinuer, ballottés par les bourrasques qui s'engouffraient dans la cour. Elle n'avait pas quitté sa chaise, près de la fenêtre, fumant cigarette sur cigarette. Antoine lui parlait mais elle n'entendait pas. Puis l'aurore était venue. La cuisine empestait le tabac froid. La bouteille de porto était vide depuis longtemps. Antoine était allé se coucher. Elle était sortie sans se couvrir. C'était arrivé sur la place de la mairie. Quand elle s'était relevée, elle avait de la neige dans la bouche.

Je vais partir, Jeanne.

Son message envoyé, Jeanne rangea l'ordinateur dans sa housse, sortit de la poche intérieure de son sac les huit lettres d'Antoine et les posa sur la banquette. Sur le haut du paquet, encadrant la partie supérieure de la feuille, une succession de petites vignettes dans lesquelles Antoine avait dessiné à l'encre noire son visage, endormi, souriant, triste, joyeux, serein, le regardant sans doute. Elle jeta un œil vers l'intérieur de la salle, s'assura que les lettres étaient encore sur la banquette, espéra que le propriétaire ne verrait rien, qu'elle serait trop loin lorsqu'il s'en apercevrait. La porte se referma dans un souffle. Le ciel était bleu et le soleil déjà haut. L'air froid lui piquait les narines. Elle sortit son plan, repéra le trajet. Il ne lui fallait qu'une heure de marche pour atteindre le pont de Brooklyn.

*

Assise au milieu du salon, je contemplais le tas de vêtements qui m'avaient appartenu.

Un tas multicolore et scintillant.

Tu avais posé tes mains sur ces vêtements, tu en avais humé le parfum.

Tu les avais enlevés pour caresser ma peau, pour que nos peaux se touchent.

Tu m'avais regardée les porter.

Enlève-les, disais-tu.

Tandis que j'observais mon corps en tas sur le sol, des souvenirs s'en échappaient ou plutôt des images.

Et je rêvais d'un feu de joie.

Je voulais qu'il ne reste plus rien pour ne pas m'écorcher.

Mon corps est mon ennemi.

Un jour tu m'as regardée avec dégoût.

Qu'on m'apporte de la chair fraîche, c'est ça ?

Tu es folle.

Je te vois tel que tu es.

Tais-toi.

Je jette dans le feu les vêtements sur lesquels tu as posé tes yeux, cela me fait du bien.

L'hiver dans la bouche

Et quand je serai nue, quand il ne restera plus sur le sol encore tiède que les cendres de mes vêtements, quand il ne restera du souvenir de tes caresses que quelques grammes de poussière et puis rien, je changerai de peau.

NORD COMPO
multimédia

Composition et mise en pages
Nord Compo à Villeneuve-d'Ascq

Imprimé en France par CPI
en novembre 2015

N° d'impression : 130857
N° d'édition : L.01ELJN000647.N001
Dépôt légal : janvier 2016